사라지는것은
시간이 아니다,
우리다

사라지는 것은 시간이 아니다, 우리다
장기오 지음

초판 인쇄 | 2012년 4월 15일
초판 발행 | 2012년 4월 20일

지은이 | 장기오
펴낸이 | 신현운
펴는곳 | 연인M&B
기   획 | 여인화
디자인 | 이수영 이희정
마케팅 | 박한동
등   록 | 2000년 3월 7일 제2-3037호
주   소 | 143-874 서울특별시 광진구 자양로 56(자양동 680-25) 2층
전   화 | (02)455-3987 팩스 | (02)3437-5975
홈주소 | www.yeoninmb.co.kr
이메일 | yeonin7@hanmail.net

값 12,000원

ⓒ 장기오 2012 Printed in Korea

ISBN 978-89-6253-114-5 03810

장기오 대PD의 방송에서 못 다한 이야기
그리고 삶의 쓸쓸함과 그리움에 대하여

사라지는 것은
시간이 아니다,
우리다

장기오 지음

연인M&B

나는 쓰지 않으면 견딜 수 없다는 식의 건방진 말은 하지 않겠다. 단지 사람은 세월로 늙는 것이 아니라 이상(理想)을 잃었을 때 늙어 간다는 사무엘 울만(Samuel Ullman)의 말을 나는 믿는다.

온전히 늙지도, 그렇다고 젊다고도 말할 수 없는 어정쩡한 나이에 이 황폐한 세상에 혼자 내던져졌을 때 지금이라도 시작하지 않으면, 무언가 이 세상에 살다간 흔적이라도 남기지 않으면 안되겠다는 절박한 심정으로 글을 쓰기 시작했다면 조금이나마 내 자존심을 보상받을 수 있지는 않을까. 그러나 나는 아직도 문학이 무엇인지 수필이 과연 유용한 것인지에 대한 확신이 없다.

흔히 수필은 일상의 이야기라고들 한다. 실지로 그런 글을 쓰는 사람들을 많이 봤다. 그러나 수필이 문학이 되기 위해서는 탁월한 통찰력과 지적인 언어가 있어야 하고 또 그것으로 독자를 감

동시킬 수 있어야 할 것이다. 쓰는 이가 감동하지 못하는 글을 읽는 이가 어찌 감동할 수 있겠는가?

살아온 내 인생이 그러하기도 했지만 진솔하려고 노력했다. 그리고 문학적(literariness)이길 희망하고 감동적이길 바란다. 그것이 유치한 자기도취인지 아니면 진정한 아름다움인지는 독자들의 몫이다. 단지 두려운 것은 젊었을 때는 객기를 부려도 제 멋에 아름다웠지만 늙어서는 그 열정을 다스리지 못하면 추하다. 추하지 않기를 바랄뿐이다.

일모도원(日暮途遠)이다.

2012년 봄날, 석가헌(夕佳軒)에서

장기오

2장 | 쓸쓸함에 대하여

3장 | 그리움은 한이 되고 노래가 되고…

방송에서
못 다한 이야기

사라지는 것은 시간이 아니다, 우리다

요즘도 나는 수시로 발 앞꿈치의 굳은살을 면도날로 베어 낸다. 이렇게 안 하면 발바닥이 아프다.

함께 일하는 연출진이라고는 달랑 연출, 조연출 둘 뿐이었던 시절, 조연출은 잡부(雜夫)나 마찬가지였다. 현장 정리에서부터 엑스트라 운영, 여관 잡기, 식사 조달에 이르기까지 모든 것이 조연출의 몫이었고 현장에서 사고가 나도, 동네 깡패들이 촬영을 방해해도 조연출이 처리해야 했다.

추운 겨울날 야외촬영에는 연기자 부르러 다니는 게 일이었다. 연기자들 대부분이 버스 속에서 자기 차례를 기다린다. 밤새도록 촬영 현장과 버스 사이를 수도 없이 뛰어다녀야 했다. 또 스튜디오 녹화 날엔 운동화 끈을 바짝 조여 매고 스튜디오 구석구석을 미친 개 뛰듯 돌아다녀야만 녹화가 제대로 진행되었다.

조연출은 연기자들에게도 만만한 존재였다. NG가 나면 무조건

조연출이 큐를 잘못 주어서 그랬다고 둘러댄다. 일반적으로 카메라에 '온 에어' 불이 들어오면 노련한 연기자들은 조연출의 큐가 없어도 스스로 알아서 연기를 하지만 그렇지 못한 연기자들은 꼭 조연출의 지시에만 의존한다. 요즘은 FM라디오 주파수를 이용해 서로 교신하지만 당시는 카메라 몸체에 헤드폰을 끼워 지시를 받았다. 한데 카메라가 3대나 되다 보니 이걸 단번에 빼고 끼우는 일이 보통 일이 아니다. 조심하지 않으면 카메라가 흔들려 NG가 나고 큐 주는 시간을 놓쳐 또 NG가 난다. 그러면 연출자에게 혼이 난다.

이런저런 수모를 견디며 녹화가 끝나고 나면 운동화에 땀이 흥건히 고여 철벅거릴 정도였다. 그 짓을 한 3년 하고 나니 발바닥에 감각이 없어지면서 굳은살이 생겼다. 그렇게 어렵게, 어렵게 조연출 생활을 청산하고 연출로 데뷔하고도 나의 여정은 더욱 고달파졌다.

연출이란 직업은 끊임없이 경쟁을 해야 하는 직업이다. 10년 경력의 연출자나 이제 막 데뷔하는 연출자나 똑같은 입장에서 경쟁한다. 누가 연륜이 많으냐가 아니라 누가 더 잘 만드느냐의 문제다. 방송 후 평가가 좋지 않거나 앞선 프로보다 못하다는 평가가 나오면 죽을 맛이다. 곧바로 만회해야지 이런 현상이 몇 번 되풀이되면 삼류가 되고 만다.

데뷔하고 3년 만에 나는 위기를 맞았다. 당시 KBS의 대표 프로그램인 〈대하드라마〉의 제작 명령이 떨어진 것이다. 경력도 일

천했지만 능력도 부족했다. 나는 고사했다. 그러나 그 호소는 먹혀들지가 않았다. 작가와 뜻도 맞지 않았고 연기자들도 위에서 지정되어서 내려왔다. 당연히 실패했다.

그 후 나는 내가 가장 잘할 수 있는 아이템만을 고집했다. 그 대신 반드시 성공시켜야 하는 부담도 있었다. 나는 촬영과 편집, 그리고 장소 헌팅으로 한 달에 20일 이상을 바깥에서 보냈다. 그런 열정으로도 늘 아슬아슬했다. 뛰어나지도, 그렇다고 뒤처지지도 않았다. 고민이 깊어 갔다. 그러던 중 나와 콤비를 이루던 작가 한 사람이 갑자기 집필을 포기하고 미국으로 공부하러 떠났다. 아! 그런 길이 있었구나.

목이 말라 왔다. NYU(New York University) 같은 대학에서 정통 연출이 어떤 것인가를 배우고 싶었다. 그러나 그건 쉬운 일이 아니었다. 가진 것 없이 월세 방에서 시작한 우리들이었다. 내가 없으면 아내와 아이들의 생계는 막연해진다. 나는 방황했다. 어느 날 술에 취해 들어왔는데 아내와 아이들이 마루에서 나를 기다리다 지쳐 잠들어 있었다. 아이들을 물끄러미 내려다보았다.

'아랫목에 모인/아홉 마리의 강아지 같은 것들아/굴욕과 굶주림과 추운 길을 걸어/내가 왔다/아버지가 왔다'고 한 박목월 선생의 시를 낮게 웅얼거리며 자는 아이들을 껴안았다. 홀어머니 밑에서 보낸 불우했던 나의 성장기가 겹쳐 왔다.

그날 나는 한숨도 자지 못했다. 내 꿈을 키워 주지 못한 내 가족들을 내가 원망하듯이 저 아이들도 종국에는 나를 원망할 것이

다. 그날 나는 밝아 오는 새벽을 울면서 맞았다. 내가 저 아이들의 꿈을 지켜 주어야 한다고, 더 이상 나의 전철을 밟도록 해서는 안 된다는 결론을 내렸지만 허망함에 며칠을 두고 심한 몸살을 앓았다.

그 대신 나는 나만의 연출 패턴을 고집스럽게 지켜 왔다. 처음에는 예술하고 있네, 어쩌고 하면서 비웃더니 시간이 지나면서 그런 나의 연출 세계를 인정하는 추세로 돌아섰고 자리가 잡히면서 하는 프로마다 평균 이상의 평가를 받아 중견 연출자로서 면모를 갖추어 갔다. 그러나 매 프로마다 남들과의 경쟁에서 이겨야만 살아남을 수 있는 직업으로 인해 나는 평생 위궤양에 시달렸다.

아이들의 추억에는 아버지가 없다. 생애에 딱 2번, 바닷가를 찾았던 일이 유일하다. 대신 아이들은 깊은 밤, 책상 앞에서 무언가 열심히 일하던 아버지의 모습을 되살리곤 한다. 집에 와서도 나는 콘티(연출 플랜) 짜는 일로 날밤을 새우곤 했기 때문이다. 그런 아버지를 반면교사(反面敎師)로 우리 아이들은 지금 열심히 살아가고 있다.

그렇게 30여 년을 보내고 나니 내 발바닥의 굳은살은 바위처럼 단단해졌다. 굳은살은 젊은 날, 땀의 상징이고 인생의 옹이다. 한 해의 마지막 볕 좋은 날, 마루에 나앉아 한가롭게 면도날로 굳은살을 베어 낸다. 살 한 점, 한 점이 떨어져 나갈 때마다 지난날의 기억들이 하나씩 떠오르고 사라진다. 삶이, 기억이 그렇듯 이 옹

이도 언젠가는 엷어지고 사라질 것이다.

　평생을 무엇을 그리 찾아 헤맸기에 이렇게 두텁게 옹이가 앉은 걸까. 지금은 바삐 돌아다닐 일도, 누가 숨 가쁘게 찾는 일도 없다. 굳은살이 점점 엷아지는 발을 어루만지며 하늘을 올려다본다. 쨍하게 차갑고 높아 보였다. 사라지는 것은 시간이 아닐 것이다…… 우리들일 것이다.

*　이 글은 2009년 12월 31일 조선일보 '일사일언'에 망년의 소감을 편 5매짜리의 짧은 글이었으나 첨삭하여 재구성하였습니다.

반전(反轉)의 묘미

서슬 퍼런 시절이었다. 사장은 마음에 들지 않으면 쉰이 넘은 국장의 뺨따귀를 갈겨 댔고 엉겁결에 당한 국장은 당황하여 출입문을 열고 나간다는 것이 사장실 화장실 문이나 캐비닛 문을 열고 들어가는 등 웃지 못할 상황들이 매일 벌어졌다.

또 어떤 국장은 직원들 앞에서 '새 대가리'라는 모멸적인 욕을 얻어먹기도 했다. 나 역시 고문 장면이 있는 드라마의 일부 장면을 삭제하라는 명령을 받고도 불응하자 당시 실세였던 사장 보좌관이 "당신은 몸이 약해서 고문을 못 받을 텐데……." 하면서 내 가느다란 손목을 끌어다 실제로 비틀어 보이기까지 했다.

중요 프로그램은 사장이 직접 모니터를 했고 그 프로그램이 마음에 들지 않으면 해당 간부들에게 육두문자를 써 가며 심하게 윽박질렀다. 공정하게 프로그램을 심의해야 할 심의위원들조차도 사장이 그 프로에 대해 무슨 말을 했는지 귀를 세우고 사장의

의견이 사내(社內)에 돈 후에 사장 입맛에 맞게 적당히 얼버무렸
다.

모두가 모멸감을 안고 산 시대였다. 사장의 말은 곧 법이었고
그 사장을 보좌하는 보좌관은 여당에서 내려온 사람인데 그의 결
재 없이는 어떤 프로그램도 제작할 수가 없었다.

그 서슬 퍼런 시절에 나는 이청준의 소설『소문의 벽』을 각색하
기로 마음을 먹었다. 소설의 내용을 다 알지 못하는 일선 간부들
은 내 말만 믿고 결재를 했다. 그러다 윗선으로 결재가 올라가면
서 문제가 불거지기 시작했다.

우려 반 압력 반으로 제작을 취소하는 게 어떠냐는 충고가 들어
오고 만나는 사람마다 근심스러운 눈으로 나를 쳐다봤다. 나는
사장 보좌관 결재가 나지 않으면 제작을 하지 않을 작정이었는데
일이 잘되려고 그랬는지 보좌관은 내 시놉시스(synopsis)를 대충
대충 훑어보고는 "자신 있어요?" 하고 묻는다. 통상적으로 이럴
때 우물쭈물하면 안 된다. 안 될 때 안 되더라도 일단 제작은 해
야 하니까 자신 있게 신념에 차서 대답해야 한다.

나 역시 예외가 아니었다. 이틀 후 결재가 났다. 나는 한편 안도
가 되면서도 한편으로 불안했다. 날카롭기로 소문난 보좌관이 무
슨 의도로 결재를 해 주었는지, 다른 의도는 없는 건지 나는 보좌
관을 찾아가 연출 자문을 구하겠다며 그의 의중을 떠봤다. "조심
해서 잘해 보세요."가 마지막 말이었다. 제작국에서는 난리가 났
다. 무슨 배짱으로 그러느냐고 다들 걱정을 해 주었다.

이튿날 나는 원작자 이청준 선생을 만났다. 그는 고개를 갸우뚱하면서 "그 참…… KBS가 이런 작품을 하다니……." 하면서도 끝내는 "그거 어려울 겁니다." 하며 회의적인 반응을 보였다. 나는 어떡하든 해 보겠다고 우겨 원작 승인을 받아 냈다. 각색자의 우려는 더 했다.

나는 우선 6·25의 비극을 기둥 줄거리로 부각시키면서 원작의 주제를 슬쩍슬쩍 집어넣는 방법으로 전체를 구성하고 드라마의 기조를 재미있는 미스터리로 끌고 가는 것이 어떠냐고 각색자에게 제안을 했다. 며칠을 꼼꼼하게 원작을 검토하던 각색자도 그럼 "우리 모험 한 번 해 봅시다." 하면서 나의 의견에 동의했다.

아는 분은 아시겠지만 이 소설은 밤낮으로 적이 바뀌는 6·25 당시, 밤중에 방문을 박차고 들어와 "너는 누구 편이냐."고 묻는다. 강력한 플래시 불빛으로 인해 상대가 적군인지 아군인지 구별이 안 된다. 오로지 불빛만 있다. 그 불빛은 공포 그 자체다. 아니 거부할 수 없는 권력의 상징이기도 하다. 이러한 야만의 시대를 살아남은 한 소설가가 어느 날 정보기관에 끌려가 강력한 불빛으로 잠을 재우지 않는 고문을 받고 정신착란을 일으켜 끝내는 정신병원에 갇히고 만다는 내용이다.

촬영은 별 탈 없이 진행되었고 편집까지 끝내 놓고 보니 제법 완성도 높은 한 편의 드라마로 평가를 받기에는 충분해 보였다. 방송 전 금요일, 드디어 심판의 날(?)이 왔다. 사장실에서 모든 간부들을 모아 놓고 심의를 하는 날이 온 것이다.

14인치 TV가 보편적이었던 그 시절에 어디서 그런 큰 TV를 구해 왔는지 영화 화면 만한 TV를 놓고 사장이 정중앙에 앉고 좌우로 20여 명의 간부들이 주눅이 빠짝 들어 녹화된 테이프를 보고 평가하는 것이다. 연출자도 예외 없이 말석에 끼어 앉는데 드라마 내용보다는 사장이 어떤 반응을 보일까가 더 관심사이기 때문에 수시로 사장의 표정을 훔쳐보는 것이 일이었다. 간부들도 마찬가지였다. 사장이 웃으면 같이 따라 웃고 사장이 혀를 차면 여기저기서 동조하는 수군거림이 나왔다.

여기에서 사소한 잘못, 예를 들어 극중에 나오는 밥상 반찬이 가짜 즉 플라스틱으로 만든 모조라든지, 컬러가 스킨 톤(skin tone)에 미치지 못한다든지 하면 해당 국장은 그 자리에서 박살이 난다. 그래서 사전에 해당 국장들은 연출자에게 뭐 잘못된 거라든지, 혹은 촬영 중에 있었던 애로사항 같은 정보를 입수해 거기에 대비하곤 했다. 어쨌든 모든 간부들이 초긴장 상태에서 사장실 심의를 하는 것이다.

그날도 예외는 아니었다. 사장은 시종 굳은 표정으로 드라마 한 편을 다 보고도 얼굴을 풀지 않았고 검다 쓰다 말이 없었다. 장내는 물을 끼얹은 듯 조용했다. 나는 속으로 '끝났구나, 불방이구나.' 라고 생각하고 호되게 야단맞을 준비를 하고 있었다.

사장이 입을 열었다.

"자! 모두들 말해 보세요."

아무도 입을 여는 사람이 없었다. 그러자 사장은 실내를 한 번

둘러보고는 "보좌관은 어떻게 생각하시오?" 하고 사장 보좌관에게 첫 질문을 던졌다.

보좌관은 심호흡을 한 번 하더니 "이 드라마는 방송 내보낼 수 없습니다." 라고 짧게 한마디 던졌다.

그러자 잠잠하던 실내가 가볍게 동요하면서 제작이사(制作理事)가 그에게 동조하는 듯 고개를 끄떡거렸고 뒤이어 너도 나도 거기에 동조하는 웅성거림이 낮고 조심성 있게 번져 나갔다.

그러자 보좌관은 특히 라스트신에서 주인공이 정신병원의 기나긴 복도를 걸어 감옥의 상징 같은 병실로 들어가고 육중한 철문이 닫히는 장면은 아무리 생각해도 체제 도전적이고 의미심장하다고 덧붙였다. 그리고 주인공이 국가기관에 끌려가 고문을 당하고 정신이상을 일으켰다는 내용은 분명 시사하는 바가 크다는 것이다.

누구도 거기에 이의를 달 사람은 없어 보였다. 생각하기에 따라서는 불방으로 끝날 상황이 아닐 수도 있었다. 투사도 아니면서 쓸데없는 객기를 부렸다는 후회가 밀려왔다. 사장은 한참을 고개를 숙이고 생각하더니 입을 열었다.

"나는 그렇게 보지 않습니다."

모두들 사장을 쳐다봤다. 고개를 숙이고 질책을 받을 준비를 하던 나는 갑자기 가슴이 뛰기 시작했다. 사장을 쳐다봤다.

"나는 주인공이 병실에 갇히고 육중한 철문이 닫히는 라스트의 장면에서 이제 우리는 6·25의 상처를 영원히 마음속으로 추방

하고 그 어두운 기억을 저 철문의 안쪽으로 가두어 버리자는 의미로 보여집니다."

아무도 입을 열지 못했다. 보좌관은 날카로운 눈으로 주위를 훑어보며 간부들의 기를 죽인 다음 사장을 향해 입을 열었다.

"그건 지나친 관대한 해석입니다. 이건 분명 의도가 있는 작품입니다."

"이봐! 자네는 만사를 어떻게 그렇게만 해석하나? 의미의 뒤에 숨은 의미를 찾아야지. 안 그런가. 장형!'

나는 누구보고 그런가 싶어 두리번거렸다. 장씨는 아무도 없었다. 쉰이 넘은 국장을 보고 '이 새끼, 저 새끼' 하는 사장이 이제 30대 후반의 병아리 PD를 보고 장형이라니! 나는 깜짝 놀라 반쯤 엉덩이를 들고 일어났다.

"그렇지 않은가?'

다시 한 번 사장이 나를 보고 물었다.

"네."

나는 엉겁결에 대답을 했다.

"당신들은 죽었다 깨나도 PD는 못할 위인들이야."

그러면서 사장은 자리를 털고 일어나는 것이었다.

반전이었다. 기막힌 반전이었다. 나는 마치 지옥에서 빠져나온 기분이었다. 나는 그날 사장과 단둘이서 점심을 먹었다.

방송 후 나는 이청준 선생으로부터도 점심을 얻어먹었다. 이청준 선생이 돌아가신 지 벌써 수년이 지났다.

내가 대머리인 까닭은?

　내가 대머리인 까닭은 절대적으로 유전적이다. 그런 뻔한 이야기를 새삼 강조하는 이유는 어느 정도는 그렇지 않은 요인도 있다는 이야기를 하려는 것이다.

　우리는 오랫동안 드라마에서 전쟁 신을 찍을 때 폭탄 터지는 장면을 수(手)작업으로 진행했다. 말하자면 특수효과팀들이 기름을 잔뜩 넣은 비닐주머니를 특정 장소에 묻고는 연기자들과 약속을 한다. '언제 터뜨릴 테니 당신은 그때까지는 이 장소까지는 와 있어야 한다.'는 등등의 약속을 하고 특수효과팀들은 일일이 눈으로 연기자들이 안전한지를 확인해 터뜨린다. 이 약속이 제대로 맞아떨어지는 일이 그리 많지가 않다.

　내가 프로그램 책임자(CP=Chief Producer)로 있던 때였다.

　동학 농민전쟁을 배경으로 한 드라마는 한겨울에 촬영이 시작되었다. 겨울철에 찍는 전쟁 신은 특별한 경계가 요구된다. 불씨

가 날아가 의외로 큰 화제로 이어지기도 하고 얼은 땅이 돌멩이가 되어 날아오기 일쑤며, 춥다고 옷을 두껍게 입어 행동을 굼뜨게 하기 때문이다. 100여 명의 엑스트라들이 포탄이 떨어지는 전장(戰場) 가운데를 뚫고 전진하는 장면이었다. 폭탄을 묻고 비교적 연륜이 많은 엑스트라들을 전진 배치해 몇 번씩 리허설을 하고 본 촬영에 들어갔다.

모두들 긴장한 탓인지 폭탄의 관문을 무사히 뛰어넘어 카메라 프레임에서 아웃되는 순간, 시뻘건 불덩이 하나가 렌즈에 잡혔다. 제일 마지막에 뛰어오던 엑스트라 하나가 등허리에 불덩이를 지고 뛰어오는 것이다. 뒤쪽에서 터진 불꽃이 북풍을 타고 그 엑스트라의 솜옷에 달라붙은 것이다. 그런데 그 엑스트라는 옷을 두껍게 입어 자신의 등허리에 불이 붙은 줄도 모르고 죽자 사자 뛰어왔던 것이다. 연출진이 발견했을 때는 전신에 불꽃이 이미 옮겨붙은 후였다. 겹겹이 입은 옷을 벗어 내기에도 너무 급박했고 물마저 없는 벌판에서 간신히 껐지만 병원으로 옮겼을 때는 이미 그는 숨진 상태였다.

그 프로그램이 주간연속극이라 연출자는 어쨌든 연출 작업을 계속해야 방송이 펑크 나지 않기 때문에 뒷수습은 그 프로의 책임자인 내가 나설 수밖에 없었다. 우선 빈소가 안치된 병원으로 찾아가 사과를 해야 하는데 이게 보통 각오로는 힘들다. 말깨나 한다는 선배 한 분을 모시고 맞을 각오를 하고 찾아갔다.

고개를 숙이고 진심으로 사과한다고 무릎을 꿇었다. 예상은 했

지만 유족들은 강경했다. 넥타이가 잡히고 주먹으로 몇 차례 얻어맞고 하는 과정에서 같이 간 선배는 화가 나서 입바른 소리 몇 마디를 했다. 그러자 집중 구타가 들어왔다. 나는 그 선배를 가로막고 보호하면서 유족들에게 연신 머리를 숙였다. 그 와중에 그 선배는 도망을 갔지만 나는 잡혀 실컷 두들겨 맞고 머리칼이 엄청 많이 뽑혔다.

대체로 그럴 때는 무조건 맞아야 하는데 토를 달다가는 더 얻어맞기 일쑤다. 두들겨 맞아서 갈비뼈가 서너 대나 부러져 장기간 병원에 입원한 PD도 있다.

제주 앞바다에 배를 띄어 놓고 촬영을 하다 스태프 하나가 좁은 갑판에서 저들끼리 장난을 치다 바다로 떨어지는 사고가 났다. 촬영은 중단되었고 연락을 받은 유족들이 내려왔다. 처음에는 그도 공손히 'PD의 감독(監督) 불찰'이라고 사과하고 용서를 빌었다. 그런데도 유족들은 그에게 책임을 인정하라고 대들었고 그렇게 인정했을 때는 배상 문제가 다른 각도에서 진행되기 때문에 인정하기가 힘들었다. 워낙 거세게 유족들이 대드니까 성질이 난 PD가 입속말처럼 구시렁거렸다.

"시팔, 내가 빠져 죽으라고 했나. 저들끼리 장난치다 죽었지."

그 순간 칼칼한 유족 하나가

"야! 문 닫아걸어."

그러자 다른 한 사람이 편집실 문을 닫아걸었고 그는 안 죽을 만큼 두들겨 맞았다. 그는 실신했고 병원 응급실로 실려 갔다.

버스 기사가 사고를 친 경우도 있었다. 대개 이런 일이 처음인 사람들은 화면으로만 보던 탤런트들을 직접 보면 흥분하기 마련이다. 그 기사도 그랬다. 야간 촬영의 경우, 버스는 현장 가까이에서 대기를 하기 때문에 자기 차례가 아닌 대부분의 연기자들은 버스 안에서 추위를 피하면서 기다린다. 밤이 깊어지자 대기 탤런트들이 고스톱 판을 벌였고 버스 기사도 여기에 동참을 했다. 주간 수송을 위해 기사는 잠을 자 두어야 하는데 그는 꼬박 밤을 새우고 탤런트들과 고스톱을 친 것이다.

이튿날 촬영을 마친 엑스트라들만 태우고 서울로 올라오는 길에 졸다가 대형 사고를 냈다. 두 사람이 죽고 한 사람이 중상을 입었으며 탑승자 전원이 크고 작은 부상을 당했다. 이들의 빈소에 가서도 나는 정말 많이 맞았다. 나는 무릎을 꿇고 무방비로 얻어맞고 그때까지만 해도 간신히 명맥을 유지하던 머리칼을 또 반 정도 뜯겼다.

이런 악순환이 계속되다가 차츰 사고가 잦아진 것은 할리우드 영화 〈오! 인천〉의 한국 촬영이 계기가 되었다. 테렌스 영(Terence Young) 감독에 로렌스 올리비에 주연의 한국전쟁을 배경으로 한 대작(大作)으로 흥행에는 실패를 했지만 우리 제작 관행에 일대 경종을 울려 주었다.

수천 명의 엑스트라를 동원해 리허설만 3~4일씩 하고 정작 카메라는 돌리지 않았다든지 하는 소식은 우리를 놀라게 했지만 폭파 장면의 모든 것을 컴퓨터로 연결해 한 치의 오차도 없이 처리

한다는 소식을 듣고는 우리는 입을 다물 수가 없었다. 그리고 그렇게 수천 명이 동원되어도 사고 한 건 안 나는 이유는 완벽한 리허설이었다. 리허설만 하고 실제 촬영은 안 했다고 해서 출연료를 안 주는 것은 아니기 때문에 제작비는 상상을 초월했다.

그 촬영팀이 철수할 때 제작 현장에 보조 인력으로 참여했던 한국의 특수효과팀들이 그들에게서 그 컴퓨터 장비를 헐값으로 사들여 그때부터 우리도 폭파 신을 컴퓨터로 조작하는 시대가 이어졌고 그 이후 나처럼 머리가 뜯겨서 대머리가 되는 사람은 더 이상 나오지 않았다. 내가 시대를 잘못 만나 대머리가 되었다고 억지를 부려 보는 이유가 여기에 있다.

떠도는 자의 노래

빈 들녘에 갈까마귀 떼가 자욱이 내려앉고 난로 위의 물주전자는 쉬쉬 소리를 내며 끓고 있었다. 어스름 날은 저물고 멀리 보이는 바다는 아우성을 치고 있었다. 나는 그 황량한 풍경을 바라보면서 너무 막막해 식어 버린 커피 잔만 멍하니 들고 앉아 있었다. 찻집에는 깊은 침묵이 흐르는 듯했다.

몸이나 녹이려고 다방에 들어갔다가 모 선배가 연출한 프로그램의 재방송을 보다 퍼뜩 정신이 들었다. 안 된다, 이렇게 해서는 백전백패다. 어떻게 되겠지 하는 요행을 바랬는데…….

초초해졌다. 일주일 안에 눈이 내려야 하는데, 눈이라도 그냥 눈이 아니라 폭설이 내려야 하는데 그렇지 않으면 이 작품은 아무런 의미가 없다고 중얼거렸다. 작품을 바꾸어야 할지 어떨지를 갈등하면서 몇 번이나 작가의 전화번호를 눌렀다 지웠다.

다음 일정을 취소하고 오늘은 조금 이른 시간이지만 여기서 여

장을 풀기로 했다. 바다가 잘 보이는 곳에 숙소를 잡고 우선 뜨거운 물에 몸을 담갔다. 욕조에 누워 멍하니 천정을 올려다보며 혼자 중얼거렸다.

'전쟁이구나.'

나뿐이 아니고 모든 PD들이 다 그렇다. 남보다 더 잘 만들어야 한다는 스트레스 때문에 곧잘 식욕을 잃기도 하고 나 같은 경우는 제작 기간 내내 변비에 시달린다.

술이나 한잔 하면서 새로 정리를 해 보자. 제법 산뜻한 기분으로 저녁도 먹을 겸 슬슬 부두 쪽으로 걸음을 옮겼다. 그새 잔뜩 흐리더니 진눈깨비가 푸설푸설 내렸다. 그러나 그럴듯한 눈발로 쏟아질 것 같지는 않았다. 방파제 난전에서 술을 마셨다. 어떻게 해야 하나?

드라마 PD라는 직업은 끊임없이 결단을 요구하는 직업이다. 평범한 직장인이라면 서로 의논도 하고 조언도 구할 수 있지만 드라마 PD는 어느 누구와도 의논할 수도 없고 그 결과에 대해서는 전적으로 본인이 책임을 져야 한다. 이게 사람을 외롭게 한다. 한두 작품만 실패해도 낙오하고 만다. 다시 추슬러야 한다. 그동안 읽었던 모든 작품들을 다시 머릿속으로 정리해 본다.

꿈을 꾼다. 악몽이다. 누구에게 쫓겨 절벽으로 떨어진다. 소리를 질러도 누구 하나 도와주는 이 없고 발버둥을 쳐도 발걸음이 떨어지지 않는다. 놀라 벌떡 일어났다. 밖이 훤하다. 벌써 날이 밝았나 하고 문을 열어 봤더니 맙소사! 굵은 눈발이 퍼붓고 있었다.

순간 형용할 수 없는 환희가 솟아오르면서 힘이 불끈 솟는다. 이 정도면 가능하다. TV를 틀었다. 폭설이 올 거라는 예보다.

서울의 조연출에게 전화를 해 빨리 촬영 준비를 해 한계령으로 오라는 오더를 내렸다. 조연출은 투덜거렸다. 평상 그렇게 단시간 내 촬영 준비가 되질 않는다. 무엇보다 연기자들의 스케줄이 잡혀 있질 않았다. 그러나 나는 스턴트맨을 기용해 우선 풀 샷(full shot) 위주로 눈 내리는 장면부터 먼저 찍어 둘 작정이었다. 산(山)을 능숙하게 탈 수 있는 무술 연기자 20명 정도를 데리고 오라는 지시를 거듭했다. 30분 간격으로 준비 상황을 체크했다. 우격다짐으로 촬영팀이 서울을 출발하는 것을 보고 나도 설악산으로 출발했다.

그러나 이미 진부령이 막혀 버렸다. 양양으로 돌아 오색약수 쪽으로 방향을 바꾸었다. 촬영팀에게도 영동고속도로를 타 오색약수에서 만나자는 오더를 내렸다. 그렇게 애타게 기다리던 눈(雪) 때문에 눈(雪) 신을 못 찍을 수 있는 상황이 온 것이다.

오후 2시경에 서울 촬영팀이 도착했다. 그러나 설악산 전체가 입산 금지였다. 이 기회를 놓치면 이 작품을 제작할 수가 없을 것 같았다. 제작 기간에 맞추어 눈이 온다는 보장도 없고 또 이렇게 많이 온다는 보장도 없었다. 어떻게 하든지 이 장면을 찍어야 한다. 겨울이라 5시면 어두워진다. 3시간밖에 없다. 나는 우선 통제소에 들러 설악산에 눈 오는 장면을 뉴스로 내보내야 하니 들어가겠다고 우겼다. 밀고 당기는 실랑이 끝에 초입에서 찍기로 하

고 한계령으로 들어갔다.

정말 비경이었다. 나는 버스 기사에게 정상(頂上)까지 갈 것을 주문했다. 그는 무리라고 난색을 표명했지만 내가 하도 설치는 바람에 올라가긴 했지만 가는 도중 몇 번이나 육중한 버스가 미끄러지면서 아찔한 장면을 연출했다. 현장에서도 자일을 타고 산을 올랐고 카메라맨도 미끄러운 바위를 타고 카메라를 돌렸다. 눈이 얼어 수십 번이나 나둥그러지면서 촬영을 다 마쳤을 때는 이미 캄캄한 어둠이 설악을 돌려 쌓고 있었다. 그날 기어이 내가 원하는 영상을 얻어 냈다.

TV 드라마는 요행이 많다. 그 작품도 다행히 눈이 내려 주었을 망정이지 그렇지 않았다면 포기하든지, 만들었더라도 엉성하기 짝이 없는 드라마가 되고 말았을 것이다. 그 대신 방송사라는 조직은 일사불란하게 움직일 수 있는 기동력이 있다. PD가 얼마나 강단 있게 몰아붙이느냐에 달렸다.

기회가 왔을 때 욕을 먹더라도 밀어붙어야 한다. 나는 실패도 하고 성공도 했다. 그동안 나는 적어도 '이래서는 안 되더라'는 경우의 수를 알고 있다. 그날도 순리대로 촬영팀을 현장으로 불렀다면 그런 신을 찍을 수는 없었다. 그래서 나는 어지간하면 밀어붙인다.

내 별명이 '깡기오'였다. 수도 없이 회의하고 반성하고 자책하면서 작가와 다투고 동료들에게 패배의식을 느끼고 외로움을 견디며 작품을 만든다. 좋은 작품은 항상 절망의 끝자락에서 건져

진다. 그러나 작품의 희열도 잠시, 다시 보따리를 싸들고 우리는
유랑극단처럼 여의도를 떠난다.

　알전구가 외로운 설렁한 여관방에 누워, 뼛속 깊이 스며드는 외
로움을 느낀다. 끊임없이 떠돌아야 하는 자의 외로움과 또다시
실패할 것 같은 절망감에 몸을 떤다. 그렇게 30여 년을 살았다.

연출의 기술

해가 서산에 걸렸다. 깊은 산중이라 해가 빨리 진다. 거기다 바람이 불 때마다 낙엽이 비 오듯 온 산을 휘감고 돈다. 최고의 영상이었다. 그러나 이른 11월이라 하지만 골짜기를 돌아나가는 바람은 벌써 차가웠고 계곡물도 얼음장 같았다. 배우는 심란한 표정으로 움직일 생각을 않았고 스태프들도 내 눈치만 보고 있었다. 빨리 찍지 않으면 이 신을 놓칠 수 있었다.

"자! 갑시다."

나는 누구랄 것도 없이 스태프 전체에게 말을 던졌다.

"감독님, 여기 얕은 물에서 찍으면 안 돼요?"

그러면서 여배우가 나를 빤히 쳐다보았다. 하긴 그녀도 차가운 물속에 들어가기 싫을 것이다. 나는 말없이 그녀를 한동안 쳐다보다 카메라맨을 향해서는

"이 감독, 카메라 포지션 잡아 주세요."

그러고는 옷 입은 채로 물속으로 첨벙첨벙 걸어 들어갔다. 예상대로 물은 뼛속까지 시리도록 차가웠다. 여배우가 놀라 눈을 동그랗게 뜨고 지켜보았다. 스태프들은 말이 없었다. 가장 깊은 곳에 자리를 잡고 카메라맨을 향해 소리쳤다.

"여기 어때요?"

하고는 카메라 포지션을 상의했고 카메라맨은 카메라 뷰파인더를 몇 번 보더니 OK 사인을 줬다. 나는 전신에 물이 뚝뚝 흐르는 그대로 걸어 나와 여배우 앞으로 갔다.

"견딜 만하다. 아까 내가 서 있던 자리로 들어가라."고 단호한 어조로 명령했다. 배우는 못한다고 할 수가 없었다. 저보다 나이가 20여년 이상 차이가 나는 연출자가 옷 입은 채로 들어갔는데 그녀가 못 들어가겠다고 할 수가 없었다.

나는 스태프들에게 모닥불을 피우고 여벌 옷을 준비하라고 일렀다. 무사히 목욕 장면을 찍었다. 작품을 위해 연출자도 몸을 아끼지 않는다는 것을 보여 주어야 연기자도 자기 몸을 던진다. 연출자가 작품에 거는 애정만큼 연기자도 건다.

드라마 야외촬영에 괴로운 것만 있는 것은 아니다. 서울에서는 알아보는 이가 드문 삼류 탤런트라도 지방에 오면 환호성에, 사인 공세까지 받으면 저절로 어깨가 으쓱해진다. 더구나 낯선 고장이라는 기대감 등은 연기자들에게 일종의 야유회와 같은 해방감을 주기도 한다. 그런 현상은 첫날 많이 발생한다.

여관방에 삼삼오오 모여 밤새워 고스톱을 치는 것은 약과이고

술집에서 새벽까지 술을 마시는 경우가 있다. 연출진이 아무리 감시를 해도 하고자 하는 놈들을 다 잡아 낼 수는 없다. 그러나 이튿날 촬영 현장에 서면 표가 난다. 대체로 눈이 벌겋다. 독하기로 유명한 한 동료 연출자는 그런 경우 10여 분 동안 연기자들을 말없이 쳐다보기만 한다. 지은 죄가 있는 당사자들은 물론이고 스태프까지 조용하다. 한참 후 주동자로 생각되는 한 사람을 지목하면서 촬영 준비를 하라고 지시한다.

연출자는 대본에 없는 신을 하나 만든다. 맞은편에 보이는 산 꼭대기를 가르치면서 저기까지 뛰어갔다 오라고 한다. 그리고 카메라맨에게 지시한다. 줌(zoom)으로 당겨서 화면을 아른아른하게 안개 속으로 뛰어가듯 만들어 달라고 요구를 모든 배우, 스태프들이 다 듣는 데서 한다. 그만큼 미학적 효과가 있는 장면이고 중요한 장면이라는 것을 강조한다.

그 배우는 지은 죄도 있는지라 아무 말도 못하고 그대로 따른다. 그 배우는 숨을 헐떡거리며 죽을힘을 다해 뛰어갔다 온다. 그러면 연출자는 연기선이 카메라 프레임 밖으로 나갔다며 다시 갔다 오라고 지시한다. 이렇게 서너 번을 반복시킨다. 땀이 범벅이 되고 녹초가 되어서야 연기자는 벌을 받고 있다는 사실을 깨닫는다. 이튿날부터는 확실히 질서가 잡힌다.

지금은 정상급 영화감독의 한 사람인 Y감독이 데뷔작을 찍을 때의 일이다. 그는 당시 은막계를 주름잡는 당대의 대스타를 캐스팅했는데 이 배우는 사사건건 감독에게 클레임을 걸었다. 물론

연륜이 감독보다 많으니까 감독에게 조언을 할 수는 있다. 그러나 "이 봐, Y감독 그건 그렇게 찍으면 안 돼지." 하면서 간섭하고 나서면서 감독의 지시를 무시하고 자기 나름대로 연기를 설정하곤 했다. 지금도 스타 배우들은 풋내기 감독들에게 그런 자기 과시를 하곤 한다.

서울역 계단을 급하게 뛰어내려와 막 출발하려는 기차를 타고 떠나는 아주 평범한 장면이었다. Y감독은 계속 NG를 냈다. 카메라 프레임에 연기자가 빠졌다는 등, 너무 빨리 내려와 조명이 따라오지 못했다는 등등의 이유로 무려 12번을 반복해서 찍었다. 그리고 13번째 OK 사인을 내면서 다 들으라는 듯이 스크립터(배우들의 행동이나 동작을 기록하는 스태프)보고는 "도저히 더 이상의 연기가 안 나오겠는데……, 첫 번째 찍은 걸로 OK로 써." 하고 한마디 던지고는 "다음!" 하고는 장소 이동을 지시했다는 것이다. 그 배우는 얼굴이 벌겋게 달아올라 어쩔 줄 몰라 했다는 후문이다. 대개 연기는 시원찮으면서도 이름만 높아 우쭐하는 연기자들이 많았던 시절의 이야기다.

일상생활에서도 평소와는 다른 어떤 중대한 결정을 해야 할 경우, 분위기부터 먼저 잡는 경우가 있다. 그래서 다른 말이나 이의가 아예 못 나오도록 한다. 영화나 드라마 제작 현장에서도 그런 일이 비일비재하다. 가령 옷을 벗어야 한다든지, 섹스 신을 연출해야 한다든지 할 때다.

요즘은 어지간한 키스 신이나 섹스 신은 연기자들이 거부감 없

이 해내지만 얼마 전까지만 해도 되도록 피하려는 분위기였다. 그럴 때 감독은 사소한 일을 꼬투리 잡아 엄청나게 화를 낸다. 모든 스태프들이 말을 못하도록 공포 분위기를 잡아 놓고는 여배우 보고 엄숙하게 "벗어!" 하고 한마디 던진다. 분위기에 눌려 벗지 않을 수 없게 만든다. 과거, 에로 영화가 성행할 때의 이야기다.

일반적으로 연출자를 오케스트라의 지휘자로 비교한다. 개성이 다른 각 파트들을 하나로 묶어 오묘한 하모니를 만들어 내는 일을 하기 때문이다. 그래서 연출자들은 어떻게 하면 연기자들의 최선의 연기를 뽑아 내 작품 속에 담아 낼 수 있을까를 고민하는 반면에 연기자들은 되도록 편하게 연기할 수 있으면 한다. 그러나 연출자가 그 작품에 얼마만큼의 열정을 갖고 있느냐에 따라 연기자들의 작품을 대하는 태도는 달라진다. 최고의 연출 기술은 연출자의 작품에 대한 열정이다.

살아남은 자의 고독

우리는 검은 양복을 차려입고 다시 만났다. 그새 중늙은이가 되어 흰머리는 더 늘어났고 너나없이 대머리였다. 우리는 슬픈 얼굴을 하고 조의금을 내고 안부를 묻고 술을 들이키며 고인을 기억했다.

느닷없이 그가 죽었다는 전화를 받았을 때 도대체 믿어지지가 않았다. 새해 벽두에 우리는 문자로나마 덕담을 주고받았기 때문이다. 그러나 그는 가벼운 감기처럼 며칠을 앓다가 그냥 자듯이 영면(永眠)했다.

방송은 유행(trend)의 문화다. 그리고 시청 타깃이 주로 젊은이들이다. 당연히 연출자들이 젊다. 나이 든 연출자는 젊은이들의 사고를 따라잡지 못한다는 이유로, 늙은 스태프들은 젊은 연출자들이 다루기 거북하다는 이유로 현장에서 거의 배제된다.

사람들은 묻는다. 외국에서는 백발이 성성한 노장들이 많은데

왜 우리는 그런 감독이 없느냐고. 우리는 안다. 그런 질문을 던지는 사람들 대부분이 아직도 그럴 나이가 아닌데도 빈둥거리는 우리들을 위로하기 위한 수사(修辭)라는 것을.

그러나 그는 정말 열심히, 나이티 안 내고 젊은 연출자 밑에서 묵묵히 일했다. 우리는 그를 말렸다. 그들 스태프들은 작품당 계약을 하기 때문에 현장에 있지 않으면 생계가 막연해지라는 것을 알고는 있지만 더 이상(以上) 하면 건강에 이상(異常)이 올지도 모른다고 충고했다.

그는 고집했다. 자신은 아직은 건강하다고 오히려 우리들의 게으름을 나무랐다. 내가 우려하는 것은 젊은 연출자들의 연출 패턴이 나이 든 사람들이 따라가기에는 너무 비합리적이라는 점이다. 그들의 연출은 연출 플랜(콘티)을 확고히 하고 현장에 임하는 것이 아니라 감각에만 의존하기 때문에 같은 장면을 수십 번 찍기를 되풀이한다. 촬영 현장에서 40년의 잔뼈가 굵어 온 그로서는 짜증이 나는 일이다.

그러함에도 그는 묵묵히 참고 견디며 30년 이상 어린 연출자의 지시를 불평 없이 받아들였다. 그걸 수치(羞恥)로 여기기에는 가장(家長)으로서의 의무가 더 절실했기 때문이리라. 밤을 새우는 일은 다반사고 자더라도 하루에 서너 시간이 고작이었다. 일이 끝나면 며칠은 죽은 듯이 자곤 했다고 한다. 그러다가 한계가 오고 만 것이다.

우리는 낮은 목소리로 그의 장인(匠人)정신을 이야기했으며

10~20대 위주의 드라마를 걱정하고 막장으로 치닫는 TV를 개탄했다. 그리고 열악한 스태프들의 현실을 걱정하고 밥과 김치를 구걸하는 쪽지를 남기고 지하방에서 홀로 외로이 죽어 간 시나리오 작가의 안타까운 이야기들을 서글픈 심정으로 주고받았다.

한 잔 두 잔 술이 들어가면서 욕이 나오기 시작했다. 미친 놈, 젊은 놈들의 얄팍한 공치사에 홀려 자기 처지는 생각지도 않고 천방지축으로 날뛴 미련한 놈이라고 거품을 물었다.

후배들이 드나들며 고인의 명복을 빌었다. 술청에 앉은 우리들을 어떤 후배는 알은체하지만 거의 기억나지 않은 듯 생소한 얼굴을 했고, 어떤 후배는 입에 거품을 물고 요즘 후배들이 선배들 대접을 제대로 못한다고 흥분했다. 우리는 듣고만 있었다. 그들도 우리처럼 나이 많은 선배들을 무시하기는 마찬가지였기 때문이었다.

결국 그들도 우리의 길을 걸을 것이다. 후배들의 섭섭함에 흥분하다 시간이 지나면 체념하고 그러다 잊어버린다. 그리고 오늘같이 우연히 조우하더라도 후배들은 '누구더라' 하는 생뚱한 얼굴로 그들을 쳐다볼 것이다.

조금 늦은 시간에 우리는 영안실을 나왔다. 주머니에 손을 찔러넣고 어슬렁거리며 오랜만에 여의도를 거닐었다. 골목마다 새로운 건물이 들어섰고, 한때 우리들이 무시로 드나들었던 술집 간판은 없어지고 요란하고 낯선 간판들이 내걸렸다.

올려다본 하늘에는 별이 빛났다. 바람이 옷깃을 파고들었고 뒷

걸음으로 바람을 헤치며 걷기도 했다. 여의도의 불빛은 여전히 찬란했고 포장마차에는 사람들이 넘쳐났다. 이제 더는 그를 볼 수 없을 것이라고, 조금은 쓸쓸해하며 우리도 이제 이렇게 늙어가고 조만간 그처럼 죽어 갈 것이라고 생각했다.

횡단보도 앞에 섰다. 동행했던 사람은 길 건너 버스를 타러 가야 한다며 손을 내밀었다.

"자주 좀 만납시다."

"그럽시다. 자주 만나 소주나 한잔씩 합시다."

악수를 하고 그는 길을 건넜다. 그러나 자주 만날 수 없으리라는 것을 우리는 이미 짐작하고 있었다. 횡단보도 중간에서 그는 뒤를 한 번 돌아다보며 손을 번쩍 들었다. 나도 손을 마주 들어주었다. 그가 인파에 섞여 모습이 보이지 않을 때까지 바라다보았다.

죽은 그와, 방금 헤어진 그와 나는 상당히 많은 프로를 같이했고 상(賞)도 많이 받았다. 가망 없는 일이긴 하지만 만약 내가 드라마 연출을 다시하게 된다면 우리는 같이하기로 다짐을 했었다. 나는 술에 취해 벌건 얼굴을 손으로 한 번 쓸어내리며 중얼거렸다.

"이 감독, 잘 가시오. 이승에서의 수모와 설움은 다 잊어버리고 그곳에서는 일한만큼 제대로 대접받고 인간답게 그리고 행복하게 지내길 빕니다."

바람이 다시 한 번 세차게 불었다. 나는 바람에 등이 떠밀리듯

지하철로 내려섰다. 사람들이 어디론가 부지런히 가고 있었고 그 틈바구니에서 노점상 하나가 낄낄거리다 저 혼자 넘어졌다 일어서는 장난감 강아지를 팔고 있었다. 한참을 그 강아지를 내려다보았다. 저 강아지처럼 우리도 넘어져도 다시 일어날 수는 없을까? 피식 웃음이 나왔다. 삶은 일회성이고 한 번 넘어지면 다시 일어나지 못하는데…… 그건 그냥 바람(所望)일 것이다. 오늘 죽은 그 친구처럼…….

나는 그 강아지를 샀다. 세 살배기 손녀가 손뼉을 짝짝 치며 좋아했다.

* 이 글은 2011년 3월 2일자 『조선일보』 '에세이' 란에 실린 글입니다. 신문에서의 제목은 〈40년 잔뼈 굵은 조명감독이 쓰러졌다〉였습니다. 신문 지면 관계상 싣지 못했던 마지막 부분을 복원하였습니다.

내가 방랑자로 떠돌 때

젊었을 때 나는 장돌뱅이처럼 세상을 떠돌았다. 한 달에 20일 이상을 보따리를 싸들고 이 도시, 저 항구로 배회했다. 내가 그렇게 떠돌면서 느낀 것은 절경(絶景)이란 마음에 있지 풍경 그 자체가 아니라는 사실이다.

로망의 기억이 생생한 어느 공원, 떠나 버린 애인의 뒷모습이 생각나는 어느 해변의 쓸쓸한 일몰, 어머니의 꽃상여가 나가던 봄꽃의 동산, 그 허무한 낙화. 이렇듯 마음에 있는 곳에 정감이 담긴다.

천하의 절경일지라도 내 추억이, 내 가슴이 담기지 않으면 별 의미가 없다. 또 의미가 있는 곳은 기존의 의미로 인해 가슴에 닿는다. 랭보가 '미라보 다리 아래 세느강이 흐르고 우리들의 사랑도 흐른다.' 고 노래했기에 사람들은 다리 위에서 걸음을 멈추고 감격스러워한다. 난정(蘭亭)도 우군(右軍, 왕휘지)이 없었다면

무성한 숲, 긴 대나무 밭에 지나지 않았으리라.

어느 해 봄, 목포 근방 항구였던가? 지금은 이름도 가물가물한 조그마한 항구에서 배를 기다리고 있었다. 벚꽃은 꽃비로 흩어져 내리고 햇볕은 따뜻해 나는 꿈을 꾸듯 몽롱한 시선으로 바다를 바라보고 있었다. 아! 평화롭고 아름답다. 누구에게 보여 주고 싶다. 누구와 나누고 싶다는 생각이 간절했다. 시(詩)라도 쓰고 싶었다. 아니 누구에게 편지라도 쓰고 싶었다.

그때 나는 배가 오기를 기다리며 부둣가에 앉아 따뜻한 햇볕에 행복해했던 기억이 난다. 그런데 거기가 어딘지 딱히 기억이 나질 않는다. 데자뷰(deja-vu)다. 가끔 꿈속에서 그런 풍경들이 보인다. 거기가 어딘지는 모르지만 분명 가 보았던 기억이 나던 곳인데 말이다.

나는 드라마 촬영을 하면서 잊지 못할 장소가 몇 군데 있다. 채석강의 석양이 그렇다. 지금은 방파제가 생기고 그 주변으로 포장마차들이 들어서 풍경이 많이 망가졌지만 그 옛날의 채석강은 등골이 서늘할 정도로 아름다웠다. 채석강에는 바다로 향해 많은 동굴들이 나 있다. 대패로 깎은 듯한 바위를 겹겹이 쌓아 형성된 절벽의 기이함에도 감탄사가 절로 나오지만 동굴에서 지는 해를 보면 가히 절경이라 할만하다.

동굴 깊숙한 곳에서 줌렌즈로 당겨 석양을 찍을라치면 동굴 입구를 꽉 채운 해가 이글거리며 바다 위로 '첨벙' 소리를 내며 떨어지는 모습을 볼 수 있다. 전율을 느끼기에 충분하다. 그러나 들

고 나는 물길로 인해 조금만 물때를 놓쳐도 물길에 갇히고 말기 때문에 익사할 위험도 많다. 지금은 동굴 속으로 사람이 들어갈 수 없도록 철망을 쳐 놓아 그 비경을 감상할 수가 없지만 〈산곡의 백합〉이라는 작품을 촬영할 때 나는 그 석양에 반해 시간을 놓쳐 익사할 뻔한 일이 있어 기억이 새로운 장소다.

일출이 아름다운 곳은 동해 추암이 단연 으뜸이다. 추암의 일출은 그냥 바다 위로 떠오르는 태양이 아니다. 추암은 바다 가운데 바위군(群)이 있다. 이를 배경으로 떠오르는 태양은 바다 위로 불쑥 솟아오르는 태양과는 다른 장엄미가 있다.

이 봄에는 섬진강가로 갈 일이다. 매화마을에 들러 꽃잎이 흩날리는 나무 아래서 술이라도 한잔 마셔 보라. 세상 근심은 다 사라지고 신선이 될 것이다. 수십만 평에 조성된 매화나무 어디에 앉아도 흥취는 그만 그만일 것이다. 연인과 함께한다면 더욱 좋으리라. 도도히 흐르는 섬진강을 내려다보며 시라도 한 수 읊어 본다면 시인이 따로 있을 소냐. 그대들이 시인일 것이다.

고즈넉한 절로는 주왕산의 주왕암이 으뜸이고 그 위로 자리 잡은 학소대도 절경이다. 그러나 나만 알고 남들이 모르는 절경이 하나 있다. 두타산의 두타산성이 바로 그곳이다. 내가 그곳을 방문했을 때는 늦여름 안개비가 부슬부슬 내리고 있을 때였다.

비안개가 산허리를 감돌아 산 전체가 어떤 모습을 하고 있는지 도통 짐작이 가질 않았지만 안개 사이로 언뜻언뜻 보이는 기암절벽이 사방에 병풍처럼 둘러서 있고 절벽 위로는 겹겹의 바위들

이 마치 저승사자처럼 험상궂은 얼굴을 하고 밑을 내려다보고 있었다. 그 아래로는 그 깊이를 알 수 없는 골짜기로부터 안개가 스멀스멀 끝 모르게 피어오르고 있었다. 소름이 전신을 훑으면서 머리끝이 곤두섰다.

선경(仙境)이 따로 없다. 이런 곳을 두고 하는 말이리라. 이처럼 우뚝한 산은 많지 않다. 물론 금강산이나 설악산 같은 유명산에 비할 바는 아니지만 좁은 공간에서 이런 절경이 한 프레임에 들어오는 산은 드물다. 그러나 올라가는 코스는 난코스다. 로프를 잡고 한 시간은 올라가야 한다.

어디 그뿐이겠는가? 동진강의 갯벌, 만경강변의 갈대숲, 소쇄원의 바람 소리와 대나무 향기에 잠시 사색에 잠겨 보는 것도 좋을 것이다. 하회마을이나 양동마을에 가서는 부족한 서권기(書卷氣), 문자향(文字香)을 채울 일이다. 그러나 이런 절경들이 아직까지 보존되고 있는지는 알 수가 없다. 조금만 괜찮다 싶으면 닭볶음탕 집이 우후죽순처럼 생겨나고 어떤 여행가가 추천을 하면 금세 사람들이 몰려 술판과 노래판이 벌어지는 등 단숨에 세속화되어 버린다.

어느 날 문득 내가 왜 이렇게 다람쥐 쳇바퀴 돌 듯 무미건조하게 살아야 하는가에 심각한 회의가 생겼을 때나 삶이 고통스럽고 생이 지루하고 하루하루가 권태로울 때도 사람들은 바람처럼 여행을 떠난다. 거기에서 어떤 희망을 찾고 구원을 얻는다.

신혼여행도 그렇다. 새로운 출발을 자축하고 어떤 결의를 다짐

하기 위해서다. 그래서 여행은 삶의 구원 행위다. 그 장소가 비록 하찮은 장소라 할지라도 거기에서 어떤 구원을 얻었다면 그곳은 그의 인생에서 절경이 될 수밖에 없다. 그러나 마음이 닿지 않으면 절경이 보이지 않는다. 마음 없는 곳의 풍경은 그냥 스쳐 간다. 기억에도 남지 않는다. 절은 절. 경치는 경치. 도토리묵에 술판이나 벌이면 그것으로 끝이다.

마음 있는 곳에 추억이 생기고 뜻이 생길 것이다. 여행은 좋은 곳을 가는 것이 아니라 좋은 곳을 마음에 담는 행위다. 그래야 아름다워진다.

하오의 고독

　모든 일과가 끝나 버린 토요일 오후, 사무실 문은 전부 잠기고 그렇게 벅적거리던 회사 로비마저 한두 사람만이 앉아 있는 그런, 도심 전체가 텅 빈 것 같은 그런 토요일 오후, 그대 혼자만 있어 본 일이 있는가?

　여의도 광장은 뜨겁게 달아올라 인적은 드물고 방송국 앞 층층계단에 앉아 아지랑이가 어지럽게 피어올라 모든 사물이 희미하게 아물거리는 아스팔트를 바라보면서 나는 정말 혼자라는 것, 고독이라는 것이 얼마나 쓸쓸한 것인가를 알았다. 어디론가 가긴 가야 하는데 그것이 어딘지도 모르겠고, 그 많은 스태프들이 한 사람도 내 곁에 없다는 것이 더욱 사람을 외롭게 한다.

　토요일 오후는 늘 〈TV문학관〉을 심의하는 날이었다. 오전까지 종종걸음을 치며 자막을 넣고 음악을 깔아 완성품을 만들면 오후에 심의를 하고 그날 저녁 방송이 나간다. 여기서 무슨 문제가 생

기면 그때는 비상이 걸린다. 스태프들이 소집되고 곧바로 수정 작업에 들어간다. 그러나 그런 일은 그렇게 흔하게 일어나지는 않는다.

심의위원들은 서둘러 퇴근을 하고 방송용 테이프를 주조정실에 넘기고 텅 비다시피 한 방송국 정문에 서면 너무 막막해진다. 지금까지는 정신을 차릴 수 없이 바빴는데…… 허탈해진다. 힘이 쪽 빠지고 머릿속이 텅 빈다.

땡볕이 내려 쬐는 층층계단에 뜨거운 줄도 모르고 넋을 잃고 퍼질러 앉아 수없이 뜬눈으로 샌 날들을 반추한다. 고작 그 정도밖에 안 되는 것을 붙들고 아등바등한 것을 생각하면 어이없기도 하고 그렇게 고생했는데도 불구하고 작품을 평가받는 것은 단 두 시간이면 족하다는 것도 사람을 맥빠지게 한다.

방송이 나가면 내가 만든 작품은 광활한 우주 속으로 사라지고 만다. 아니 부서진다. 내 무수한 분신들이 떠도는 하늘을 올려다본다. 눈이 부시다. 이렇게 눈이 부시게 푸르른 날은 그리운 사람을 그리워하자고 했거늘…… 술이 고프고 누구라도 옆에 있어 위로라도 받고 싶어진다.

여의도는 혼자 떠도는 섬이다. 적어도 그 시절, 그 시간만은 여의도는 아무 소리도 들리지 않았고 아무것도 눈에 들어오지 않았다. 나의 의식은 진공상태에서 흐느적거리며 부유하는 해면체였다.

작품이 성공했던 실패했던 그 공허한 심정은 거의 대동소이하

다. 그러나 그리 좋은 평을 받지 못한 날은 목구멍이 칼칼해지면서 자욱한 안개처럼 끈끈한 우수가 밀려온다. 그런 날은 대개 며칠씩 혼자 떠돌며 술을 마신다.

오래전에 소식을 끊고 지내던 친구에게도 전화를 해 고래고래 소리를 질러 가며 술주정을 해 대고, 수년 전에 헤어진 여자가 보고 싶어 가로등 파르르 떨고 있는 옛 골목을 서성거리기도 한다. 때로는 그냥 발길 닿는 대로 훌쩍 떠나는 사람들도 있다.

PD라면 누구나 그런 경험을 수없이 하고 산다. 끊임없이 누군가로부터 평가를 받고 살아야 하는 직업의 비애다. 그러나 대개는 그날로 그 허무함을 풀고 만다.

처음은 포장마차에서 시작한다. 별관 옆 상시(常時)로 전을 펴놓는 포장마차에 혼자 앉아 날이 어두워질 때까지 일단 닭똥집 같은 걸 안주로 소주를 홀짝거리며 지난(至難)했던, 잠도 못 잔 한 달 정도의 제작 과정을 반추하며 후회하기도 한다.

'그래, 그게 아니었는데, 그때 좀 힘이 들더라도 그렇게 찍는 게 아니었는데…… 다시는 그러지 말자. 잃은 것도 있지만 얻은 것도 있다. 힘을 내자.'

이렇게 혼자서 다짐을 하면서 소나기처럼, 폭포처럼 내리꽂히는 햇살은 눈물나게 좋은데 나는 이를 악물고 땀을 삐질삐질 흘리며 낮술을 마신다.

어둠이 몰려오고 일 나갔던 야외촬영팀들이 한두 팀씩 들어오면서 포장마차는 시끄러워진다. 일어선다. 부딪치고 싶지 않고

누구에게도 들키고 싶지 않기 때문이다.

초저녁이라서 한산한 카페로 2차를 간다. 거기서 나는 다음 작품을 쓰고 있는 작가에게 전화를 건다. 여의도로 나오라고. 둘이서 다시 술을 마신다. 이번 작품을 경험으로, 아니 실수를 바탕으로 이런저런 주문을 한다. 때로는 죽이 맞기도 하고 때로는 충돌하기도 한다.

삶 전체가 작품이었던 시절이다. 그래서 둘이 어깨동무를 하고 노래를 부르며 여의도를 휩쓸고 다닌다. 그렇게 그 허무를, 그 허탈을, 그 아쉬움을 달래고 잠재운다. 묘용시(妙用時)가 되면 물이 흐르고 꽃은 저절로 핀다는 사실(水流花開)을 깨닫기에는 너무 젊었었다. 마음만 크고 높아 발버둥 치며 산 세월이었다.

그렇게 먼 여행길에서 돌아와 더러운 속옷을 벗어던지고 목욕을 하고 아주 깊은 잠을 잔다. 아이들은 아버지가 깰까 봐 까치발을 하고 집안으로 조심스럽게 돌아다니고 부엌에서는 아내가 찌개를 끓인다.

그렇게 세월이 한참 흐른 후, 우리들 각자의 삶은 흩어졌다. 누구는 대학 시간강사로, 누구는 프리랜서라는 이름의 백수로, 또 운이 좋은 사람은 여기저기 자리를 얻어 밥벌이를 하고 있지만 드라마에 점령당한 그때의 영혼들은 어디로도 가지 못하고 젊은 시절의 여의도를 어슬렁거린다. 처음에는 가끔씩, 그 다음에는 드문드문, 그리고 그 다음에는 어쩌다 한 번씩 안부를 묻고 그리고 이제는 풍문으로만 소식을 듣는다.

나는 지금도 눈을 감으면 젊은 날 열정으로 지새웠던 그 수많은 밤들이 생각나고 5·16광장(여의도광장)의 작열하는 태양과 그 뜨거운 열기, 방송국 앞 층층계단 위에서 맞은 토요일 하오의 고독을 잊지 못하고, 밤새워 마신 포장마차의 틈새로 보였던 여의도의 안개 낀 신새벽 등이 생각난다.

하이타이 맥주

1980년대 초기의 TV 드라마 제작은 지금 생각하면 있을 수 없는 일들이 숱하게 많이 벌어졌다. 당시는 제작비도 영세했고 제작 기술은 거의 초보 상태였다. 드라마에 나오는 모든 밥상은 거의 모조품이었고, 차린다고 해야 극중 인물이 실제로 먹는 밥이나 반찬 몇 가지 정도였다. 그리고 대본상에 나와 있지 않는 음식은 상 위에 올려지지도 않는다.

카페에서 남녀 주인공이 헤어지는 장면이었다. 대본에는 '웨이터가 맥주를 테이블 위에 놓고 간다.' 라고 되어 있었다. 그런데 실제 녹화에서는 연출자가 웨이터에게 맥주를 따라 놓고 가라고 지시를 했다. 웨이터가 맥주를 따르자 거품이 일지 않았다. 보통 마시지 않고 놓여만 있는 맥주에는 일상적으로 보리차를 부어 놓는다. 연출자가 호통을 쳤다. 진짜 맥주를 갖다 놓으라고. 소품 직원은 입이 부어 나가더니 다른 맥주병 하나를 들고 들어왔다.

다시 녹화가 시작되었다. 거품도 잘 나왔고 연기도 그런대로 잘
되었는데 이번에는 연출자가 NG를 냈다. 연출자는 다시 연기 수
정 지시를 내렸다.

"○○씨! 여자가 나가고 난 뒤 테이블에 있는 맥주를 한 잔 벌컥
벌컥 마시고 잠시 생각하다 후다닥 여자를 따라 나가세요."

다시 녹화가 시작되었다. 여자가 뛰쳐나가고 남자는 엉거주춤
일어나 나가는 여자를 쳐다보다 테이블에 있는 맥주를 벌컥벌컥
들이켰다. 그 순간 남자 연기자가 목줄기를 감싸고 왈칵 맥주를
뱉어 냈다.

"이 새끼가! 야 소품수, 이 새끼 어디 있어!'

남자 연기자가 벼락같이 소리를 질렀다. 모두들 어리둥절했다.
소품 직원이 뛰어왔다. 눈이 벌게진 남자 연기자가 소품 직원의
따귀를 후려갈겼다. 소품 직원은 발끈했다.

"이 새끼야, 너 이거 먹어 봐. 이게 맥주야, 이 새끼야!'

그제야 상황을 알아차린 소품 직원이 그랬다.

"아니 대본상에는 먹는다고 되어 있질 않았잖아요."

"야 인마, 연출자가 조금 전에 마시라고 한 소리 못 들었어!'

소품 직원은 맥주만 갖다 놓고 다른 일을 보느라 연출자의 지시
를 못 들었다. 연기자가 맥주를 마시리라고는 생각지 못했기에
소품 직원은 얕은 꾀를 써서 거품이 일라고 보리차에 하이타이를
풀었다.

녹화가 중단되었다. 연기자는 토악질을 하고 점심 먹은 것까지

다 뱉어 내고 난 후에야 진정되었다. '하이타이 맥주 사건'이다.

그런 광경은 본격적인 컬러 방송이 시작되면서도 변하질 않았다. 컬러TV는 흑백에 비해 그 질감이 확실하게 눈에 들어온다. 요즘은 디지털에다 HD에 3D까지 나와 땀구멍까지 다 잡아내지만 당시는 그 정도는 아니었지만 흑백에서는 그냥 넘어갈 수 있는 소소한 것들도 컬러TV에서는 들통이 났다.

당시 KBS가 가장 공을 들인 프로는 〈대하드라마〉와 〈TV문학관〉이었다. 대하드라마는 주로 궁중 사극이었는데 의상은 물론 장신구 하나까지 방송국 전체가 신경을 썼다. 상설고증위원도 모시고 완성도 높은 작품을 만들려고 노력을 했다. 사장이 직접 모니터하는 프로도 이 두 프로였다.

고종 시대를 배경으로 한 대하드라마를 제작할 때였다. 조대비(趙大妃) 밥상에 플라스틱 음식이 올라왔다. 연출자가 그랬다.

"소품 담당, 이거 곤란해. 모조(模造)라는 게 다 표가 나잖아. 제대로 차려."

"감독님, 이거 연기자가 먹을 겁니까?"

"먹을 건 아니지만 표가 나잖아."

"먹을 거 아니면 괜찮습니다. 시간도 없고, 예산도 없습니다."

보통 음식은 본 녹화에 맞혀 준비하기 때문에 이미 녹화가 진행 중인 지금은 음식을 만들 시간이 없다는 뜻이고 또 모든 소품 경비는 미리 결재를 얻어서 집행하는데 지금은 그럴 시간도 없고 여유분의 예산도 없다는 것이었다. 연출자가 다시 한 번 조용히

일렀다.

"기다려 줄 테니 만드시오."

"예산이 없어서 못합니다."

소품 담당 직원은 뻗대며 단정적으로 못을 박았다. 당시는 연출자보다 엔지니어를 비롯한 스태프들의 입김이 더 셌다. 그들과 트러블이 일어나면 제도적인 개선을 하려 들기보다는 연출자가 스태프 하나 못 다스린다고 연출자의 지도력을 더 탓하던 시절이었다. 세트 맨이 망치를 들고 연출자를 때려죽인다고 설치는가 하면, 카메라맨이 녹화를 보이콧하던 시절이었다. 그래도 연출자는 그들을 잘 달래서 프로그램을 완성시켜야만 유능한 연출자로 통했다. 연출자도 못을 박았다.

"그럼 문제가 생겼을 때, 전적으로 당신이 책임지는 거요."

소품 담당 직원도 당당했다.

"알겠습니다."

녹화 다음 날 사장 주재로 회사 전 간부들이 참석한 합평회가 열렸다. 예상했던 대로 사장의 눈은 날카로웠다.

"저, 음식 플라스틱이죠?"

"예."

"예, 라니! 연출자가 지금 태연히 '예'라고 말할 수 있는 겁니까!"

사장 얼굴이 붉어지면서 톤이 올라갔다.

"저도 답답합니다."

연출자는 저간의 사정을 이야기했다. 소품 담당 부서장인 제작 지원 국장은 그 자리에서 갖은 수모를 다 당했고, 소품 담당 직원은 이튿날 잘렸다.

그 이후로는 점차 연출자의 말이 먹혀드는 시대로 접어들었지만 완전히 정착되기 시작한 것은 IMF를 거치면서 대부분의 스태프들이 정직원에서 외주 인력으로 신분이 바뀌면서부터였다.

당시는 마치 전장에 나가는 기분으로 제작에 임했다. 누구는 개인적으로 밥도 사며 다독거리면서 했고 누구는 주먹다짐으로 굴복시키기도 했다. 지금 생각하면 재미있는 하나의 에피소드로 남는 방송의 뒷이야기지만 당시로서는 불합리한 제도가 만들어 낸 어쩔 수 없는 선택이 더 많았던 시절이었다.

당시의 콘텐츠가 그렇게 허술함에도 불구하고 내용만은 건전했다. 상식을 외면하지도 않았고 서로를 배려하고 사랑할 줄 아는 인간상들을 그려 냈다. 화려한 수사(rhetoric)적 영상 기교보다는 사실(fact)에 바탕을 둔 진실을 더 중요시했기에 그 시절의 드라마가 더 따뜻하게 느껴지는 이유다.

용의 추락

　그는 가난한 시골 수재였다. 그의 고향이 너무 아름답다고 늘 자랑하고 다니기에 나는 그가 내 조연출을 할 당시 촬영 장소 헌팅 차 한 번 들러 본 일이 있었다. 그의 말은 과장이 아니었다. 정말 아름다운 고장이었다. 그러나 너무 멀고 오지(奧地)였기에 빠듯한 일정으로 그곳까지 들어가 촬영하기에는 무리가 있어 실제 촬영은 이루어지지 않았지만 우리가 그 고장에서 받은 환대는 대단한 것이었다.

　되돌아 나올 시간이 없어 하룻밤을 그 고장에서 보냈는데 동네 어른들은 다 찾아와 나에게 그를 잘 봐 달라고 부탁을 하고 동네 청년들은 그 고장에서 가장 근사한 식당에서 가장 비싼 저녁을 사면서 그들이 그 친구에게 거는 기대가 어떠한지를 입에 거품을 물고 떠들어 댔다. 만약 내가 그 동네에서 촬영을 했더라면 아마 플래카드가 붙고 그의 금의환향으로 인해 온 동네가 한바탕의 잔

치를 벌였을 것이다.

그는 고향에서 거의 영웅 대접을 받는 듯했다. 외지에 나가 그만큼 출세한 인물이 그 이외에는 없다는 것이다. 그도 그랬다. 자기는 반드시 성공해 집안을 일으켜 세워야 한다고. 한국이 알아주는 PD가 되고 세계에 그 이름을 떨칠 수 있는 연출자가 되어 집안을 빛내야 한다고. 그러나 우리가 볼 때는 그는 그렇게 뛰어나지 않는 평범한 PD 중의 하나였다.

그는 무엇을 하는지 모르지만 상당히 바빴다. PD들의 밤새우는 일은 거의 일상적이긴 하지만 같이 일을 하면서도 분명 그럴만한 상황이 아닌데도 출근해 보면 그는 사무실에서 밤을 새운 듯 칫솔을 물고 화장실로 가는 모습을 자주 발견하곤 했다. 무엇 때문에 밤을 새웠느냐고 물으면 그런 일이 있다고 애매하게 대답을 하곤 했다. 낮 근무시간에도 그는 사무실에 잘 없던지, 있더라도 하루 종일 전화기를 붙들고 있었다. 그 때문에 나한테 꾸중도 많이 들었다. 그러나 그는 그때뿐이었다.

그러다 그가 연출자로 데뷔하고 얼마 되지 않아서 덜컥 검찰에 구속되고 말았다. 아무도 그 영문을 몰랐다. 그로 추정되는 사건이 신문에 보도된 후에야 비로소 그가 미성년자 추행 혐의로 구속되었다는 사실을 알았다. 그를 만났다. 저간의 사정은 참으로 딱했다.

그는 수많은 고향의 민원을 해결하기에 바빴다. 모든 고향 사람들이 그 하나만을 보고 사소한 일까지도 그에게 전화를 걸어 해

결을 부탁했고 서울로 올 일이 생기면 서울역 마중에서부터 여관 잡기, 식사 대접까지 모든 일정을 챙겨 주어야 했다. 심지어는 서울로 유학 온 고향 동네 아이들 입학에서 하숙까지도 그가 도와주어야만 했다. 고향에서 싸움질을 하다 경찰서에 붙들려 들어가도 그가 해당 경찰서에 전화를 걸어 '서울 방송국' 운운하면서 선처를 부탁해야만 했다. 말하자면 그는 개천에서 난 용이었다. 그리고 그는 고향의 빛이고 희망이었다.

그는 방송국 일보다 고향 서울사무소장 같은 역할을 했다. 그런 고생을 하다 그가 조연출 생활을 접고 정식으로 연출할 시기를 전후해 고향에서 젊은 청년 몇 사람이 올라왔다. 무슨 목적이야 있었겠지만 어찌어찌하다가 그의 촬영 현장을 따라다니며 잔심부름 같은 걸 하면서 그의 일을 도와주는 일을 하게 되었다. 그때 나의 귀에도 그 녀석이 수상한 젊은이들을 촬영 현장에 데리고 다니며 마치 조폭 두목처럼 행세하고 다닌다는 이야기가 흘러 들어왔다. 가장 조심해야 할 부분이 바로 그것이었다.

연출은 그 프로그램이 끝날 때까지는 일단은 우두머리다. 그래서 모든 스태프들이 그 명령에 복종하기 마련이고 또 연출이라는 직업이 누군가를 골라 쓰는 권한을 가진 사람이기 때문에 그의 비위를 거스르게 하지를 않는다. 그래서 우쭐하는 경향이 많다. 거기다 그 청년들은 비록 시골이었을망정 주먹깨나 쓰는 젊은이들이었고 그를 마치 조폭 세계에 형님처럼 호위하고 다녔으니 가히 짐작할 만했다.

나중에 안 저간의 사정은 이러했다.

며칠째 밤을 새워 겨우 작업을 마치고 철수하기 전날, 그는 스태프들과 함께 저녁 식사에 반주를 곁들여 소주 한잔을 걸치고 일찍 잠자리에 들었고, 한밤중에 그는 갈증을 느껴 일어나 물을 마시다 깜짝 놀랐다고 한다. 그의 곁에 한 소녀가 누워 있더라는 것이다. 그는 누군가 공연한 짓을 했다고 짜증을 내었다고 했다. 그러나 그게 아니었다. 그 소녀는 탤런트 지망생이었고 고향 젊은이들이 호가호위하면서 그녀를 탤런트 시켜 주겠다고 떠들고 다니다 그녀를 그의 방에 들여보냈던 것이다.

그가 그 사실을 알았을 때는 이미 늦었다. 그는 그녀의 부모에게 백배사죄하고 용서를 빌었지만 이미 엎지른 물이었다. 부모들은 그의 부름을 기다리다 가망이 없다고 생각하자 그를 고소해 버린 것이다.

그는 파면되었다. 그것도 파렴치범으로 낙인찍혀 그 누구에게도 동정받지 못하고 쫓겨났다. 그의 행동은 분명 지탄받아야 마땅하겠지만 가난한 시골에서 태어나 천신만고 끝에 이룬 그의 꿈은 허망하게 날아가 버렸다. 그런 형태의 신분 상승의 모델도 이제는 아마 찾아보기 힘들 것이다.

그처럼 과거에는 좁은 길이지만 신분 상승의 통로가 있었다. 가난한 집에서 태어나 반딧불(螢)과 눈(雪) 빛으로 어렵게 공부하고 고시에 합격해 좋은 배필 만나 집안을 일으킨 예는 얼마든지 있었다. 그러나 지금은 다르다. 돈이 있어야 고급한 교육을 받을 수

있고 고급한 교육을 받아야만 좋은 대학을 나올 수 있다.

한국 사회에서의 신분 상승은 경쟁을 통해 이루어지는 것이 아니라 처음 어떤 집단에 소속되느냐에 따라 결정된다. 돈 많은 사람은 그들끼리, 학벌 좋은 사람들은 그들끼리 하나의 그룹을 형성하고 울타리를 친다. 특정 대학을 나오고 특정 정파, 특정 고장에 소속되어야만 신분 상승의 통로가 열린다.

사실인지 아닌지는 몰라도 외국에서 석·박사까지 딴 여교수도 권력의 심장부에 들려고 술집 여자처럼 "오빠, 나 이번에 안 시켜 주면 울 거야." 하고 아양을 떨었다고 한 정치인이 폭로해 세상의 비웃음을 샀다.

아무런 울타리도 기반도 없는 개천의 용들은 그들만의 용으로 끝나는 경우가 많다. 그나마 그 잘난 용에 온 집안이 다 매달려 결국 그 무게에 눌려 스스로 추락하는 용들을 우리들은 본다.

예감

사람들은 희망으로 산다. 빵이 없어도, 자유가 없어도 살 수는 있지만 희망이 없으면 살 수가 없다. 좋은 일이, 내가 원하던 일이 그 언젠가는 이루어지리라는 희망을 보석처럼 끌어안고 고난을 견뎌 낸다. 그런 미래에 대한 확신이 없을 때나, 불안한 경우는 보통 점쟁이를 찾는 까닭도 거기에서 어떤 희망을 찾으려 하기 때문이리라. 그러나 보통 사람들도 때에 따라서는 그런 미래를 예측하는 감각을 가지고 있는 듯하다. 돼지꿈을 꾸고 산 복권이 당첨되었다는 소식 등으로 볼 때 말이다.

나는 그런 꿈이나 지구의 종말 운운하는 예언 따위를 믿지 않는다. 그저 심심풀이 삼아 몇 번 점쟁이에게 가 본 일은 있지만 나의 운명을 그들의 말을 믿고 의지한 적은 없다. 그러나 같은 일을 오래해서인지, 아니면 간절하게 바래서인지는 알 수 없지만 예감 같은 것이 맞아떨어진 경우가 몇 번 있다.

김주영의 소설 『홍어』를 〈TV문학관〉으로 제작할 때의 일이다. 『홍어』는 1960년대의 깊은 산골, 외딴 초가집을 무대로 폭설이 쏟아지는 겨울을 배경으로 전개되는 대단히 서정적이고 아름다운 작품이다. 이 서정성을 제대로 표현하기 위해서는 우선 '깊은 산골'에 자리 잡은 '낡은 초가집과 눈', 그것도 그냥 내리는 눈이 아니라 툇마루까지 쌓이는 그런 눈이 와야 했다.

우리나라에서 눈이 제일 많이 오는 곳은 단연 대관령을 중심으로 한 인근이었다. 나는 이 일대를 헤매고 다녔다. 장소가 괜찮으면 전봇대가 걸리고 그렇지 않으면 차가 들어갈 수 없는 장소이기도 했다. 기획하고 3년 동안 눈 오기를 기다렸고, 한 달 동안이나 오픈세트를 세울 장소를 찾아다녔지만 허사였다. 결국은 이 작품을 못하게 될지도 모른다는 생각이 들었다.

장소 헌팅의 마지막 날, 우리는 이제 포기하고 서울로 올라가기 위해 고속도로 톨게이트를 향해 달리고 있었다. 스태프들은 벌써 잠잘 채비를 하고 있었고 버스는 평창축산연구소 앞을 통과하고 있었다. 심란한 마음으로 차창을 내다보던 나는 무언가가 번쩍하고 머릿속을 스쳐 지나갔고 이미 저만치 멀어져 간 그 건물을 몇 번이나 뒤돌아다보았다. 그러다 "아니야." 하고 다시 고개를 돌려 앞을 내다보는데 자꾸만 뒷머리를 끌어당기는 느낌을 받았다. 나는 이미 100미터 이상이나 지나쳐 왔는데도 불구하고 차를 세웠다. "차, 돌립시다." 버스 기사가 투덜거렸다.

축산연구소 앞마당에 차를 세우고 나는 시큰둥한 스태프들을

버스에 두고 나 혼자 건물 뒤편으로 돌아 들어갔다. 그런데 세상에! 정문 바로 뒤쪽으로 돌아 100미터도 채 안 되는 지점에 그렇게 애타게 찾던 장소가 숨겨져 있다니. 산 밑에 자리 잡아 깊은 산골 냄새가 나는데다가 도로하고 거리가 가까워 발전차나 분장차 등이 수시로 드나들 수 있는 최적의 조건이었다.

나는 스태프들을 불렀다. 세트 디자이너가 제일 기뻐했다. 그 자리에서 우리는 오픈세트 조감도를 완성했다. 이렇게 어렵사리 시작한 〈홍어〉는 눈 때문에 다시 한 번 난관에 부딪혔다. 그동안 적잖은 눈이 내려 주어 좋은 영상을 얻긴 했지만 퍼붓는 눈이 문제였다.

그날도 우리는 고성 민속마을에서 촬영을 하고 있었다. 날은 잔뜩 흐려 간간이 눈발이 휘날리긴 했지만 본격적인 눈 올 기미는 보이지 않았다. 그런데도 나는 자꾸만 대관령 오픈세트장이 눈에 밟혔다. '그곳으로 가야 하지 않는가? 끊임없이 내 속에 누군가가 속삭였다. 나는 지방기상대에 날씨를 알아봤지만 오늘은 그 정도에서 그칠 거라는 대답만 돌아왔다. 그러나 나는 찜찜했다. 나는 오전 11시경에 기어이 철수를 명령했다.

"아니, 여기 찍을 신도 많은데 어쩌자고 눈도 오지 않는 대관령으로 갈려고 합니까."

카메라맨이 정식으로 항의를 했다. 내가 그랬다.

"어쩐지 오늘 중으로 많은 눈이 올 것 같아! 눈 오는 걸 보고 출발하면 늦어. 그래서 지금 출발하는 거야."

카메라맨이 웃었다. 감독이 이상하다고 수군거렸다. 그러거나 말거나 나는 출발시켰다.

고성을 떠난 지 1시간 정도 되었을까 모두들 점심을 먹기 위해 주문진 부근에서 식당엘 들어가는데 제법 굵은 눈발이 부슬부슬 내렸다. 스태프들이 "어, 눈이 오네." 하고 수군거렸다. 미처 밥이 나오기도 전에 폭설로 변했다. 우리는 밥을 먹는 둥 마는 둥 서둘렀다.

그날 눈이 2001년 겨울, 30년 만에 내린 폭설이었다. 서울은 교통대란을 겪었지만 우리에게는 하늘이 내린 축복이었다. 영하 25도의 추위 속에서 우리는 불평 한마디 없이 동이 틀 때까지 카메라를 돌렸다.

TV문학관 〈홍어〉는 내가 대PD가 되고 난 후의 첫 번째 연출 작품이었다. 모두들 얼마나 잘 만드나 보자고 주시하던 프로였다. 망신당하기 십상이었다. 뿐만 아니라 많은 라이벌—대PD자리를 노렸던—들이 그것 보라는 듯이 비웃고 폄하하고 끌어내리려 할 것이다.

변비가 생기고 깊은 잠을 잘 수가 없었다. 자나 깨나 작품 생각뿐이었다. 그런 노심초사의 결과인지 혹은 내가 모르는 어떤 힘이 나를 도와준 것인지는 알 수 없지만 나는 어쨌든 이 작품을 성공시킴으로써 나를 대PD로 올려 준 인사권자들을 안심시켰다.

〈겨울 바다 갈매기〉라는 작품을 찍을 때였다. 이 드라마의 엔딩은 바닷가 일출이 배경이었다. 나는 그 장면에서 평범한 일출

이 아니라 구름 사이를 뚫고 서너 줄기의 강렬한 빛으로 바다 위로 떨어지는 후광 같은 그런 일출을 원했다. 그런데 촬영 날 아침 남자 주인공이 조금 늦게 나타났다. 새벽 신을 찍을 수 있는 시간은 충분했지만 나는 어쩐지 찍기가 싫었다. 이튿날 새벽으로 촬영을 미루었다. 주인공은 입이 퉁퉁 부었다. 감독이 억지를 부린다고도 했다.

이튿날 스태프들은 바닷가에 섰다. 해가 떠오르기 시작했다. 그러나 내가 원하던 영상은 나타나지 않았다. 몇 번이나 다시 찍었다. 그 사이 해가 구름 속으로 들어가 버렸다. 끝났다. 철수해야 할 것 같았다. 그러나 나는 미련을 버리지 못하고 멈칫거렸다. 그런데 갑자기 바람이 불고 구름이 한쪽으로 밀려가면서 그 사이를 뚫고 한 줄기 강력한 빛줄기가 바다 위로 내리꽂혔다. 스태프들이 "와!" 하고 소리를 질렀다. 나는 신이 나서 "레디, 고!"를 불렀다. '원하면 되는구나.' 나는 근사한 엔딩을 얻었다.

미래는 예측 가능한 것은 아니다. 많은 예언자들이 지구의 종말을 예언했지만 인류는 아직도 건재하다. 그러나 인간은 간절한 만큼 예측할 수 있는 예지도 가지고 있는 듯하다.

자유에의 도피

영화 〈쇼생크 탈출〉에서 감옥을 나온 브룩스는 오랜 수감 생활을 청산하고 자유를 찾았지만 바깥세상에서 누리는 자유가 두려웠다. 오히려 간수가 시키는 대로 하는 감옥 생활이 더 편했다. 그는 '여기 브룩스가 있었다.' 라는 글을 남기고 자살을 한다. 이른바 '자유에의 도피(escape form freedom)' 현상이다.

군대에서 함께 진군하고 퇴각할 때는 지휘관의 명령에 따르기만 하면 된다. 그러나 그가 그 집단에서 홀로 떨어져 자기 스스로 무언가를 결정해야 할 때 사람들은 굉장한 불안을 느낀다. 그래서 어떻게 하든지 그 집단으로 되돌아가려고 애쓴다.

사회생활에서도 우리는 그와 같은 일들을 많이 경험한다. 특히 방송 일은 그런 요소가 상당히 많은 직업 중에 하나다. PD라는 직업은 혼자서 결정하고 혼자서 책임져야 할 일이 너무 많다. 특히 드라마 PD는 전적으로 자신의 이름을 걸고 작품을 내보내기

때문에 어쩌면 그것이 쓸데없는 고집일지라도 아무런 확신이 없는 PD보다 그 결과가 나을 때가 있다.

그는 애당초 드라마 PD로 들어온 것은 아니었다. 뭐 꼭 드라마 PD로 들어와야만 드라마를 만들 수 있다는 뜻이 아니고 말하자면 드라마 PD로서는 자질이 부족해 보였다는 뜻이다.

그는 1980년 방송 통폐합 때 지방에서 올라왔다. 그는 심한 경상도 사투리를 쓰는데다가 드라마 제작에 한 번도 참여한 일이 없었던 관계로 일이 몹시 서툴렀다. 많은 사람들과 함께하는 일은 눈치라도 빨라야 하는데 그는 그렇지도 못했다. 그러나 그의 독특한 행동과 말씨는 금방 화제가 되었다.

그가 지방에서 올라와 처음 받은 일은 코미디와 드라마를 접합시킨, 요즘으로 말하면 시트콤 같은 〈싱글네, 벙글네〉라는 프로였다. 그 프로를 맡은 지 얼마 되지 않아 고향에서 사무실로 전화가 왔다. 그는 그의 아내로 짐작되는 상대방에게 자랑스럽게 큰소리로 내질렀다.

"내는 싱글레 벙글레 한다."

사무실 사람들이 다 쳐다봤다. 그러자 상대방이 아마도 뭐라고 되물었던 모양이었다.

"아니! 내가 싱글벙글 웃는다는 게 아니고 '싱글레 벙글레'라 카는 프로가 있다."

사람들이 와 웃었다. 그래도 그는 아랑곳없이 소리를 질러 댔다.

"유명한 배우들이 다 나온다. 코미디안 ○○씨하고 배우, 니 배

우 누구 알제? 그 사람도 나온다. 함 봐라."

하고 으스댔다. 사무실은 난리가 났다. 여직원들은 엎드려 킥킥거렸고 직원들은 박장대소를 했다. 전화를 끊은 그가 그랬다.

"와 웃는교! 이상한 사람들도 다 있네."

서로 이질적인 사람들이 모여 다소 서먹서먹하던 사무실에 그는 단연 유명해졌다. 제작 현장에서는 무수한 변수들이 발생한다. 그런 작업의 현장에서 융통성이나 기민성이 없으면 그는 결코 능력 있는 PD라고 말할 수가 없다.

그러나 그는 곧이곧대로였다. 작가가 대본에 '백만 대군이 몰려온다.' 라고 써 놓으면 그는 난리가 난다. 그는 연신 "하! 이거 큰일 났는데, 큰일 났는데." 하면서 똥마려운 강아지처럼 어쩔 줄 몰라 한다. 그래서 옆에 사람들이 왜 그러냐고 물으면 "아! 작가가 백만 대군이 몰려온다고 썼는데 이거 큰일 아입니까." 한다. 그러면 동료도 아주 심각한 얼굴로 "야! 고생 무지하게 생겼네. 그 연출자는 작가가 써 준 대로 연출하는 선배야." 하고 겁을 준다. 그는 한동안 고민을 한다. 그러다 눈치를 봐 가며 슬그머니 연출자에게 다가가 묻는다.

"감독님! 작가가 예, '백만 대군이 몰려온다.' 고 캤는데 이대로 할까 예?" 한다. 감독은 그렇게 쓴 작가보다 이대로 할까 예? 하는 조연출이 더 한심해서 "야 임마, 백만이 애 이름이야! 정신 나간 소리 하고 있네." 하고는 "한 백 명만 해!" 한다. 그러면 그는 반색을 하며 "아, 그래도 되겠습니까?" 하고는 되묻는다. 연출자는

"그대로 해. 나, 바빠." 하고는 하던 일을 한다. 그러면 그는 아주 기꺼이 그 명령을 받고는 엑스트라 회사에 연락을 한다.

"아! 여기 ○○프론데요, 사람 백 명만 보내 주이소." 그러면 그쪽에서 뭐라고 묻는다. 그러면 그는 "잠깐." 하고 수화기를 놓고는 다시 연출자에게 간다.

"저, 감독님, 피난민은 필요 없습니까? 엑스트라 회사에서 피난민도 필요할 끼라 하는데요?" 연출자는 그를 한동안 쳐다보다 "그것 다 포함해서 백 명이다." "알았습니다." 하고는 다시 수화기를 들고 그쪽과 통화를 하다가 다시 수화기를 놓고 연출자에게 온다.

"저…… 남자는 몇 명이고, 여자는 몇 명……." 하는데 벼락이 떨어진다. "뭐 이런 새끼가 다 있어. 야! 임마! 그런 건 니가 알아서 해!" "지, ……지가 알아서 해도 됩니까?" 연출자는 웃고 만다. 한숨을 깊이 한 번 쉬고는 "○○씨 그런 건 조연출이 알아서 하는 겁니다." 하고 만다.

그러나 그는 자기가 알아서 할 수가 없었다. 그는 또 연출자에게 간다. "저…… 감독님, 아이들은 필요 없습니까?" 드디어 감독의 화가 폭발한다. "너, 이 새끼 그만둬! 그만둬!" 하고는 소리를 냅다 지른다. 그는 혼비백산하여 도망가 버린다. 그러고는 다시는 사무실에 들어오지 않는다.

이튿날 아침에 아주 말끔하고 홀가분한 표정으로 출근을 한다. 동료가 "○○씨 내일 모레가 촬영인데 그리 한가하게 출근을 하

면 어떡해요.” 하면 그는 천연덕스럽게 “아! 예, 어제 감독님이 나 보고 그만두라 했심더!” 하고는 한가하게 책상 정리를 한다.

그렇게 그는 말썽만 부렸고 직원들은 그만 보면 웃음을 터뜨리곤 했다. 그러나 그는 행정 하나만큼은 그 누구도 따라올 수 없을 정도로 완벽하게 처리했다. 그는 다른 부서로 전전하다 얼마 전 정년퇴직을 했다는 소식이 들렸다.

에리히 프롬(Erich Fromm)은 자유에의 훈련이 되지 않은 사람은 자유가 주어져도 그 주어진 자유에의 불안, 공포를 느낀 나머지 스스로 자유를 포기하는 현상이 일어난다고 했다. 그는 그 어떤 것도 스스로 결정하지 못했다. 모든 일을 누구에게 명령을 받음으로써 자기의 책임을 면하고 마음의 편안함을 얻었던 것 같았다. 경력이 수월찮게 쌓였는데도 불구하고 그가 근사한 프로 하나 만든 일이 없었던 것은 소심함일까. 아니면 자유에의 훈련이 부족해서일까를 생각해 본다.

울렁증

이제 녹화 들어가야 하는데 연기자는 얼굴이 벌게져서 들어왔다.

"술 드셨어요?"

"아! 반주로 한잔 했습니다."

"아니, 녹화 들어가는데 술을 마셔요?"

"걱정하지 마세요."

그는 모주꾼으로 유명하다. 그러나 그가 NG를 내는 일은 거의 없다. 신기하기 짝이 없다. 그가 녹화에 들어가면 언제 술을 마셨느냐는 듯이 대사를 줄줄 외운다. 그가 술을 그렇게 먹어도 화면에 그렇게 표시가 잘 나지 않는 이유는 그가 맡은 배역이 약간 더듬거리는 순박하고 사람 좋은 시골 노인네 역할 같은 걸 많이 하기 때문에 그가 얼굴이 벌게도 사람들은 그가 드라마 속의 연기로 생각한다.

TV 연기의 생명은 대사다. 영화는 대개 영상으로 말하지만 TV는 대개가 대사다. 그런데 영화의 경우는 커트, 커트로 촬영하기 때문에 그때그때 대사만 외우면 되지만 TV는 카메라 3대로 즉석에서 편집해 가면서 완성시키기 때문에 한 신(scene)의 대사를 몽땅 외워야만 가능하다. 그래서 TV 연기를 잘하려면 우선 대사를 잘 외워야 한다. 이게 말처럼 그렇게 쉬운 일이 아니다.

사극 같은 경우는 "상감마마, 아니 되옵니다." 하면서 줄줄이 내뱉는 대사가 3분을 넘어가는 경우도 있다. 그것도 집에서 겨우 외워 나왔는데 녹화 날, 당일 나온 콘티 대본(연출 대본)에 대사가 몽땅 고쳐 나오는 경우는 정말 앞이 깜깜해진다. 밥이고 뭐고 온통 사색이 되어 외우고, 또 외워도 사극이라 말도 어렵고 그 뜻도 모호하여 도대체가 입에 붙지 않는 경우가 다반사다. 그런 날은 당연히 NG가 많다. 40~50명이나 되는 스태프들이 자기 입만을 쳐다보며 빨리 끝내 주기를 간절히 원하는 눈빛을 볼 때마다 쥐구멍이라도 들어가고 싶고 다 팽개치고 도망가고 싶어진다.

이런 일들이 몇 번 반복되다 보면 소위 울렁증이라는 병이 생긴다. 집에서 달달 외웠던 대사까지도 카메라에 '온 에어' 표시인 빨간불만 들어오면 그동안 외웠던 대사들을 깡그리 까먹고 만다. 일종의 공포심 같은 현상인데 대사 분량이 많으면 그래도 이해가 되지만, 몇 마디 안 되는 대사 가지고 이럴 경우는 대개 '성질 더러운' 특정 PD들을 만나면 공연이 주눅이 들고, 실수를 하면 안 된다는 강박관념에 사로잡혀 외웠던 대사를 잊는 경우

가 그렇다.

지금도 톱 탤런트의 한 사람인 C씨는 이런저런 모든 경우를 다 합쳐 커닝의 도사다. 그는 드라이 리허설을 하고 난 후 카메라에도 안 잡히고, 또 자기 연기 설정에 지장을 주지 않는 벽이나 장판에 대사들을 빼곡히 적어 놓는다. 그래서 그가 오른쪽으로 고개를 돌려 대사를 할 때는 오른쪽 벽면에 대사가 적혀 있고, 고개를 숙여 혼잣말처럼 중얼거리는 장면에서는 장판에 대사가 빼곡하다. 너무나 자연스러워 누구도 눈치 채지 못한다. 오히려 그는 한국의 최고 연기자라는 칭송이 늘 뒤따른다.

또 하나의 노하우는 타이밍이다. 일반적으로 리허설이 끝나면 소품수가 방바닥이나 마루를 깨끗하게 물걸레로 닦아 낸다. 그는 이렇게 모든 것들이 완벽하게 끝나 막 녹화 들어갈 즈음에 이런 시도를 한다. 하루는 PD가 심술을 부렸는지 어쨌는지는 알 수 없지만 소품수가 닦은 방바닥과 벽면을 다시 닦도록 지시를 했다. 그가 막상 녹화를 들어가자 커닝할 대사들이 다 지워져 하나도 안 보이자 당황하기 시작했고, 계속 NG를 내면서 연신 고개를 숙이며 "죄송합니다."를 연발했다.

그런데 아예 공식적으로 커닝을 허용하는 경우가 있다. 지금은 어엿한 중견이 된 배우가 갑신정변을 다룬 드라마에서 하인으로 출연했을 때 일이다. 그 배우는 긴박한 배경음악이 깔릴 때 방문을 박차고 뛰어 들어와 "대감 빨리 피신하십시오. 박영효, 서재필, 김옥균, 그리고…… 모두 피신했다 하옵니다."라고 10여 명

의 이름을 줄줄이 대야 했는데, 번번이 중간에서 막히고 말았다.

지금은 포스트 프로덕션이라고 해서 녹화 후 자막과 음악을 넣는데 옛날에는 배우의 연기에 음악과 자막을 동시에 집어넣어 하나의 완성품을 만드는 식으로 드라마를 제작했다. 그래서 음악이 들어가는 대목에서 NG가 나면 그 신에 출연하는 모든 배우들이 처음부터 다시 녹화를 해야 한다.

그 배우 하나 때문에 저녁 시간 전에 끝날 녹화가 밤 9시가 되어도 이어지고 있었다. 땀을 비 오듯 흘리던 배우는 10분만 쉬었다 하자고 애원했다. 10분 후에 음악이 흐르고 큐를 받은 연기자가 뛰어 들어왔다. 이번에는 그가 그 여러 명의 이름들을 쏜살같이 댔다. 박수가 터졌다. 그러나 긴박한 음악의 와중에 그냥 넘어가기는 했지만 나는 뭔가 이상하다고 느껴졌다. 그 신이 끝나고 나는 다시 녹화 테이프를 되돌려 보았다. 아닌 게 아니라 후반에는 엉뚱한 이름들이 튀어 나왔다. 화가 나 소리를 질렀다. 기가 죽은 그가 한참 후 더듬거리며 말했다.

"이번에도 NG를 내면 안 될 것 같아 아버지, 형, 친구 이름 등등 나오는 대로 갔다 댔습니다."

한바탕 폭소가 터졌다. 그날은 아예 대사를 커다란 종이에 적어 조연출이 들고 있고, 배우는 그 종이를 보고 읽어 내려갔다. 그날 녹화는 기어이 밤 12시를 넘겼다.

이 경우 시청자들은 제작진이 날밤을 새우던, 연기자 하나가 파김치가 되던 그런 소란과 관계없이 TV로는 정상적인 드라마를 볼

수 있다.

60년대 초 녹화기가 개발되지 않아 생방송으로 드라마를 내보낼 때는 모든 장면들이 그대로 안방까지 전달될 수밖에 없었다. 가령 주인공이 "나는 당신을 사랑합니다."라는 대사를 까먹었을 경우, 그냥 건너뛰든지 아니면 총명한 상대 배우가 "나를 사랑한다고요." 하고 대신해 주어 아슬아슬하게 이야기를 이어 간 경우도 있었다. 그래서 드라마 전개가 아귀가 안 맞는 경우도 많았다.

그러나 모두들 NG를 내면 안 된다는 의식 때문에 녹화장에는 팽팽한 긴장감이 감돌았다. 그러하기에 오히려 작금보다 더 진지하고 성실했다. TV탤런트의 첫 번째 조건은 대사를 잘 외워야 한다는 것은 예나 지금이나 변함이 없다.

2장

—

쓸쓸함에 대하여

전야(前夜), 그 쓸쓸함에 대하여

명절 전야는 참 쓸쓸했다. 서울역 광장 벤치에 앉아 바쁘게 고향을 오가는 사람들을 보기도 하고 덤핑 테이프를 파는 리어카에서 '코스모스 피어 있는 정든 고향 역, 이쁜이 곱뿐이도 나와 반겨 주겠지…….' 하는 나훈아의 노래에 콧잔등이 시큰해지기도 했다. 서울역 그릴에서 커피 한잔을 시켜 놓고 머리를 숙이고 갈 수 없는 고향을 생각하기도 했다.

신청사가 들어서기 전, 서울역 그릴에서 내려다보면 플랫폼으로 기차가 들고나는 모습이며 타고 내리는 사람들의 각가지 모습들이 다 보였다. 선물 보따리를 안고 들뜬 표정으로 서울역을 떠나는 귀성객들의 모습을 나는 늦도록 지켜보았다.

날개를 가진 짐승들도 어두워지면 집을 찾는다. 여우도 죽을 때면 머리를 고향 쪽으로 향하고 눕는다고 했다. 떠돈다는 것, 어디에도 갈 곳이 없다는 것은 가슴 저 밑바닥에서 버석버석 얼음이

어는 것이다. 굳이 찾자면 할 일이 없는 것도 아닌데도 열일곱 살의 랭보처럼 빈 호주머니에 손을 찌르고 명절 전날 서울역 근방을 얼쩡거리는 것은 남들은 부모형제 만나러 가족들 손잡고 들뜬 마음으로 가는 그런 계절, 그런 시간에 남들과 같이 갈 수 없다는 쓸쓸함 때문이다.

타향도 정들면 고향이라 하지만 바람이 불면 뿌리째 뽑혀져 날아다니다 바람이 자면 아무 데서나 뿌리를 박고 살아가는 전봉(轉蓬)에 불과하다는 애상(哀想)이 겹쳐 쓸쓸함을 더한다.

역 대합실 벤치에 앉아 기차를 기다리는 사람들 틈새에서 나도 고향 기차를 기다리는 것처럼 약간 들뜬 표정을 지으면서 그들의 고향 이야기를 듣는다. 막차가 떠나 버린 시간까지 서울역 부근에서 줄곧 고향을 생각하며 그렇게 서성거리곤 했다.

내게는 고향이 없다. 돌아갈 고향이 없다. 어렸을 때 잠시 머문 적은 있지만 일가친척들은 어디론가 다 흩어지고 고향은 흔적도 없이 도시화에 밀려 사라져 버렸다. 나 역시 도시로, 도시로만 떠돌며 살았다.

명절날 아침을 기억한다. 날이 채 밝지도 않은 신새벽, 알 수 없는 엄숙함과 정적이 감도는 그 어둠 속에서도 식구들은 까치발로 발소리를 죽여 가며 들락거리고, 부엌에서는 조심스럽게 그릇 다루는 달그락거리는 소리가 꿈속에도 아련했다. 제상이 있는 안방에서 단정하게 한복을 차려 입은 할아버지가 지방을 쓰기 위해 벼루에 먹을 갈면 묵향이 온 집안으로 번지면서 나 역시 아, 오늘

은 제사를 지내고 맛있는 음식을 먹는 날이구나 하는 생각이 들어 절로 잠이 깨곤 했다.

그런 명절날 아침 나는 연기가 피어오르는 향로(香爐)가 신기해 건드렸다가 손을 데어 누나의 등에 업혀 넓은 마루를 오르내리던 기억이 아직도 어제 일처럼 생생하다. 단발머리를 한 누나가 힘에 겨워 끙끙거리며 나를 엉치께에 매달고 한 발자국 움직일 때마다 연신 추슬렀고 나는 누나의 따뜻한 등이 좋아 한껏 어리광을 부렸다.

그날 아침 제상을 물리고 할아버지가 아버지에게 음복술을 돌렸는데 그 술잔을 어찌하다 쏟고 말았다. 할아버지 무릎에 앉아 이 광경을 지켜보던 나는 아버지에게 달려가 아버지를 한 대 때렸던 것 같았다. 어린 생각에도 할아버지가 내려 준 술을 감히 쏟은 아버지가 잘못했다고 생각했던 것 같았다.

웃음보가 터졌고 나는 얼른 할아버지 무릎으로 도망쳐 안겨 버렸다. 할아버지는 웃으면서 아버지에게 그러면 되느냐며 가서 술을 한 잔 따라 드리라고 했다. 나는 아버지의 눈치를 보며 머뭇거리자 아버지는 온화한 미소를 지으면서 술을 따르라고 했다. 나는 눈치를 보면서 아버지에게 술을 따르자마자 할아버지한테로 냉큼 도망가 버렸다.

할아버지가 파안대소를 하고 내 머리를 쓰다듬었으며 아버지가 빙그레 웃으면서 잔을 드셨고 어머니는 내 엉덩이를 가볍게 때리며 눈을 흘겼다.

그날 아침, 바른지 얼마 안 된 하얀 한지를 뚫고 내려 비치던 부드러운 아침 햇살이 생각난다. 콩기름을 잘 먹인 장판에 창살의 격자무늬 그림자가 안방 깊숙이 드리웠고 방 안은 알맞게 따뜻했다. 가족 모두가 행복하고 넉넉해 보였다. 이 추억은 내가 기억하는 가장 푸근하고 은성(殷盛)했던 시절의 풍경이었다.

그 후 6·25가 나고 그 와중에 아버지는 돌아가셨고 우리는 피난 갔다 돌아와 보니 집은 행랑채만 남고 다 타 버렸다. 그 이후 우리는 고향을 떠났고 도시로, 도시로만 떠돌았다.

나는 이 추억을 떠올릴 때마다 콧잔등이 시큰해진다. 생각만 해도 가슴이 저려 오는 것이 어디 그뿐이겠는가? 해 그림자 설핏해질 무렵, 집집마다 밥 짓는 연기가 뒷동산 허리를 안개처럼 감싸고돌 때의 알 수 없는 슬픔, 한여름 감나무 밑 평상에서 낮잠 자다 깨어났을 때 집은 텅 비어 있고 매미 소리만 자지러질 때의 그 외로움, 눈이 펄펄 내리는 한겨울 할머니가 화로에 구워 준 고구마의 달콤함…….

노래를 부를 수 없다고 해서 그 노래가 사라지는 것이 아니듯 고향이 없어졌다고 해서 고향의 기억마저 없어지는 것은 아니다. 고향은 빛바랜 사진첩에서 발견할 수 있는 낡은 흑백사진이 아니라 오히려 세월이 가면 갈수록 선명한 색깔로 눈물겹게 다가오는 찬란한 불꽃 축제와 같은 것이다.

사람들은 살다가 지치면 고향을 찾는다. 비록 높은 자리에 올라 부귀영화를 누릴지라도, 가서 닿을 곳이 없고 돌아서서 뿌리내릴

곳조차 없는 자들은 막막하다. 거기다 찾아가 뵐 부모조차 없는 사람들은 더욱더 허전하다.

아무리 가난할지라도, 수마(水魔)에 할퀴어 폐허가 되고 가뭄이 들어 한해살이를 망쳤다 해도 명절에 돌아갈 고향이 있다는 것은 행복이다. 한 종착지에서 차에 내렸을 때, 거기에 우리를 반기는 낯익은 얼굴, 그 고향의 그리운 얼굴이 환하게 웃고 있을 그런 순간을 상상하는 것만으로도 눈물겹지 않은가.

혼자 떠돌던 시절, 나는 명절 전날은 그렇게 서울역에 나와 앉아 고향을 생각하면서 떠나는 사람들을 지켜보곤 했다. 지금도 명절 전날은, 있지도 않고 갈 수도 없는 고향이 생각나고 거리를 바쁘게 오가는 차량들만 봐도 아련한 슬픔이 치솟는다.

마음이 마른 가랑잎 같은 날이다.

늦바람

나는 늦게 바람이 났다. 그녀를 하루만 안 봐도 안달이 난다. 내가 퇴근해 들어가면 그녀는 "카악—" 하고 소리를 지르고 나에게 쏜살같이 달려와 덥석 안긴다. 번쩍 들어 올리면서 나도 "카악—" 하고 마주 소리를 지른다. 그러면 그녀는 좋아서 손을 마구 흔들며 펄쩍펄쩍 뛴다. 저절로 함박웃음이 터지면서 그녀를 안고 응접실을 한 바퀴 돈다. 그녀는 엉덩이를 요란하게 흔들며 숨이 넘어가듯 깔깔거린다. 그렇게 신바람을 내며 한 바퀴를 돌고 거울 앞에 서면 그녀는 눈웃음을 치면서 입을 까짓것 벌리고 헤벌쭉하게 웃는다. 그렇게 천사가 나에게 왔다.

나는 퇴직하고 한동안 우울증에 빠졌다. 며칠 동안 전화 한 통 오지 않는 일이 비일비재했고 마누라와 종일 있어도 말 한마디 나누지 않는 날도 점점 늘어났다. 저녁에 그저 생각 없이 텔레비전 앞에서 졸거나 일찍 잠자리에 들었다가 오밤중에 깨어 우두커

니 응접실에 앉아 지나온 삶을 반추하면서 허망하다고 느끼기까지 했다. 그렇게 밤을 새우는 일도 잦아졌다. 그러다 손녀가 태어나면서부터는 집안에 활기가 돌았다.

한동안 소 닭 보듯 하던 우리 부부도 손녀를 사이에 두고 이런저런 이야기가 오갔고 아이의 재롱에 함께 웃는 일이 많아졌다. 나의 우울증도 점점 사라졌다. 집필실에 있다가도 아이가 보고 싶어 전화를 걸어 잘 노는지 어떤지를 확인하곤 한다. 휴대폰 동영상에 담아 두었다가 심심하면 꺼내 보면서 혼자 낄낄거린다. 누가 보면 미친놈이라고 할 정도로 낄낄거린다.

요즘 나는 길을 가다가도 사람들이 모여 웅성거리면 기어이 그것이 무엇인가를 확인한다. 대개의 경우 아이들 장난감을 팔기 때문이다. 한 번은 배터리로 움직이는 장난감 자전거를 사다 주었는데 안장에 앉은 인형 소녀가 너무 커서 그런지 혹은 그 장난감이 너무 요란한 소리를 내서인지 알 수 없지만 그만 울음을 터뜨리고 말았다. 그 후 손녀는 자전거 근처에도 안 간다. 아이가 가서는 안 되는 장소에 그 자전거 인형을 놓아 두면 근처 가서도 한참을 노려보다 슬그머니 돌아 나온다. 이게 또 얼마나 귀여운지 모두들 한바탕 웃는다.

한 번은 일주일간 제 외가에 갔다 온 일이 있다. 일주일을 안 봤는데 그새 얼굴을 잃어버렸는지 현관에 들어서는 손녀를 반갑게 내가 안아 올리자 아주 낯선 얼굴을 하고는 수초간 쳐다보다 인중을 아래로 끌어당겨 입을 삐쭉삐쭉거리고 코를 벌렁벌렁하더니

눈물까지 글썽거리며 울 채비를 하는 것이다. 그 모습이 너무 귀여워 볼에다가 입을 맞추었더니 앙— 하고 울음을 터뜨리면서 내 품에서 벗어나려고 몸부림을 치는 것이었다. 그러나 하룻밤만 같이 자고 나면 헤벌쭉하게 웃는다.

모두들 침대 생활을 하기에 손녀와 나는 함께 잔다. 새벽에 일어나 울기도 하지만 대체로 일어나서는 웃기부터 한다. 눈 비비고 일어나 앉으면서 나를 보고 헤벌쭉하게 웃는 모습은 천사 이상이다. 그렇게 해맑을 수가 없다.

이제는 제법 기어 다니고 무엇이던 붙잡고 일어선다. 그러다 보니 어른들이 분주하기 짝이 없다. 엉덩방아를 찧고 울면 방바닥을 때려 주며 '떼찌'를 하면 멀뚱한 모습으로 나를 한동안 쳐다보다가는 씩 웃는다. 요즘은 도리도리에 재미를 붙였는지 혼자서 도리도리도 하다가 뒤로 자빠져 곧 숨 넘어가듯 곡지통을 터뜨린다. 자면서도 도리도리를 한다. 그 모습을 보고 있으면 저절로 웃음이 나오고 세상 시름을 다 잊는다. 그 초롱초롱한 눈이며 작고 앙증맞은 손발이며 오물거리며 젖병 빠는 모습 등은 신기하다 못해 경이롭다. 새삼 생명이 신비롭다.

이가 나기 시작했다. 이제는 무엇이든 물어뜯는다. 딱딱한 걸 손에 쥐어 줄 수가 없다. 물어뜯다가 혹시나 이가 상할까 봐서다. 인간은 이가 나면서부터 투쟁을 배운다고 한다. 물어뜯지 않으면 살아남을 수 없다는 본능의 작용이라고 심리학자들은 말한다. 몸에 털이 나면서부터는 누군가를 사랑하기 시작한다. 그리

고 남을 밟지 않으면 경쟁에서 살아남을 수 없다는 것을 배우게 되고, 급기야는 부모의 품을 떠나 제 나름대로의 새로운 세상을 만들어 간다. 세상을 향해 작으나마 적의를 드러내고 투쟁 의식을 기르는 첫 번째 통과의례다.

추석 무렵에 덜커덕 감기에 걸렸다. 기침을 하고 콧물을 줄줄 흘리면서 괴로워 칭얼대는 모습을 보면 너무 안쓰러웠다. 며칠 사이에 수척해지고 아무리 얼러도 잘 웃지도 않았다. 풀이 죽은 모습을 보니 내가 더 아팠다. 밤에 자다가도 코가 막혀 괴로워하면 살짝 환기를 시켜 코를 터주고 너무 춥지 않을까 싶어 기다렸다가 다시 문단속을 해 주었다. 이틀 밤을 그렇게 정성을 들였다. 다행히 4일째부터는 조금씩 차도를 보이면서 본래의 모습으로 되돌아가자 우리도 한시름 놓았다.

그러나 그 이후부터는 그전처럼 무조건 '헤' 하고 마구 웃지 않는다. 얼러도 한참을 쳐다보며 웃을까 말까를 심각하게 생각하는 듯했다. 벌써 세상을 알아 버린 것이 아닌가 하는 다소 엉뚱한 생각도 해 본다. 인생이란 그렇게 마냥 웃고만 넘길 일이 아니라는 것을 깨달은 것이라고 추측을 하면 아이의 앞날이 또 걱정이다. 이 살벌한 생존경쟁의 와중을 저 어리고 가냘픈 아이가 어떻게 헤쳐 나갈까를 생각하면 우리는 새로운 업을 짓는 것이 아닐까 하고 우울해지기도 한다.

〈켄터키 옛집〉이라는 노래가 있다. 노랫말 중에

켄터키 옛집에 햇빛 비취어 여름날 검둥이 시절, 저 새는 긴 날을 노래 부를 때 옥수수는 벌써 익었다. 마루를 구르며 노는 어린것, 세상을 모르고 노나. 어려운 시절이 닥쳐오리니 잘 쉬어라 켄터키 옛집…….

이 노랫말은 인간의 고단한 삶을 예단하고 철없이 노는 어린 시절이 오히려 생의 휴식기이고 낭만기(浪漫期)임을 암시한다.

그렇다. 저 어린것이 생의 고단함을 어떻게 알까만 험난할 수밖에 없는 삶의 여로(旅路)를 생각하면 간단없이 애처로워진다. 그러나 나는 저 가냘픈 생명이 슬기롭게 이 험한 세상을 헤쳐 나가며 행복하게 살아나갈 수 있도록 힘을 보태야 한다고 다짐을 한다.

예쁘게 자라다오. 험한 풍파 만나지 말고 네가 뜻하는 대로 모든 것이 이루어질 수 있도록, 그래서 행복하게 자랄 수 있도록, 잠든 아이의 손을 잡고 기도한다.

누군가 나를 부르고 있다

지독했다. 거의 한 달을 두고 비가 내렸다. 옮겨 가기로 한 시골 집은 비 때문에 공사가 중단되었고 백내장 수술이 잘못된 건지 눈에는 눈곱이 끼고 눈이 부셔 TV도 제대로 볼 수가 없었다. 모든 사물은 흐릿하게 보였고 마음은 불안했다. 비가 들이쳐 창문도 열 수가 없어 집필실은 곰팡이가 낀 듯 눅눅하고 책 냄새와 섞여 불쾌하게 끈적거렸다. 방 안을 수도 없이 서성거리기만 할뿐 글 한 자 쓰질 못했다. 하루 종일 음악만 듣곤 했다.

그런 어느 날 아침, 우산을 받쳐 들고 집필실로 가는데 누군가가 나를 부르는 듯했다. 뒤돌아다보았다. 아무것도 없었다. 민방위 훈련, 그날처럼 거리는 죽은 듯 텅 비어 있었다. 빗줄기만 요란했다. 한순간, 그래 그냥 한순간이었다. 빗소리마저 들리지 않으면서 마치 진공의 유리병 속에 갇힌 듯 모든 사물이 정지해 버린 것 같았다. 뭉크의 〈절규〉처럼 누군가가 절박하게 호소를 하

고 있는데 그 소리가 들리지 않는 괴기스러운 분위기마저 느껴
졌다. 꿈인가? 분명 누군가 나를 부르는 것 같았는데…….

고개를 돌려 주위를 보는데 갑자기 쏴 하고 빗소리가 되살아났
다. 다시 길을 가려는데 무언가가 자꾸만 뒤통수를 당긴다. 누군
가? 누가 나를 부르는가? 아니면 내가 무엇을 잃어버렸나? 무엇을
두고 왔나? 왜 이리 뒤가 당기지? 그도 저도 아닌 것 같다. 가만히
서서 고개를 숙이고 귀를 기울인다. 빗소리만 들렸다. 고개를 돌
렸다. 그때 비로소 물체 하나가 눈에 들어왔다.

버스 정류장 노천 벤치에 누가 잃어버리고 간 물건인지 모를 물
체 하나가 눈에 들어왔다. 나는 뒤돌아가 그 물체 앞에 섰다. 사
람인 것 같기도 하고 어떤 물체인 것 같기도 했다. 나는 그 물체
를 가만히 건드려 보았다. 어! 사람이었다. 내가 건드리자 판초우
의 같은 걸 뒤집어쓴 남자는 빠끔히 얼굴을 내밀었다. 빗물에 젖
어서인지, 아니면 울고 있는 건지 알 수는 없지만 얼굴은 온통 젖
어 있었다. 아니 전신이 다 젖어 있었다. 그리고 그는 덜덜 떨리
는 온몸을 이를 악물고 간신히 추스르고 있었다. 서울역에서 노
숙자들을 쫓아낸다 하던데 그새 그랬던가?

순간 나는 말을 잊었다. 내가 그랬다. 젊어서 나도 이런 비를
참 많이 맞으며 거리를 헤매고 다녔다. 통금 시간이 지난 거리
의 처마 밑에서 거지처럼 웅크리고 앉아 밤을 지새우기도 하고
학교 담장을 뛰어넘어 들어가 교실에서 잠을 청하기도 했다. 고
아처럼 떠돌며 가정교사로 겨우 한 고개, 한 고개를 간신히 넘

기면서 목숨을 부지해 왔다. 그러하기에 천학을 면치 못했고 그 어려움을 자학으로 달래다 보니 느는 것이 술이었다. 나는 주위 사람들에게 희망을 주지 못했고 나 역시 희망 없는 삶을 살았다.

그가 아마 그랬을 것이다. 이리저리 떠돌다 이제 도시 어디에도 의지할 곳이 없자 풍문으로 먼 친척이 살고 있다는 소문을 듣고 이 동네까지 찾아왔으리라. 차마 부끄러워 초인종을 누르지 못하고 그냥 뒤돌아 나왔을 경우도 있고, 문전박대를 당했을 수도 있으리라. 이 장대같이 쏟아지는 비를 무슨 업보처럼 맞으며 이대로 죽어야 하는가. 아니면 이 굴욕스러운 삶을 또다시 이어가야 할 것인가를 고민하고 있었을 것이다.

나는 눈시울이 붉어졌다. 그러나 나는 섣불리 그에게 손을 내밀지 못했다. 그의 눈이 모든 걸 거부하는 것처럼 느껴졌다. 말 한마디라도 던졌다가는 그는 활화산처럼 폭발할 것만 같았기 때문이었다.

나도 버스 정류장에서 버스를 기다리는 척하면서 그를 지켜봤다. 내리는 비를 처량하게 바라다보던 그는 한 10여 분 이상을 지체하는 듯하더니 일어나 시내 쪽으로 느릿느릿 걸어갔다. 뒷모습이 처절했다.

한 노숙인의 시(詩)*처럼 빨랫줄 서너 발이면 청계산 소나무에 비참한 그의 생을 마감할 수 있을 텐데…….

그는 아직도 그를 기다리는 지어미와 아이들을 생각하는 걸까? 빗물이 자꾸 얼굴을 때려 나의 눈물을 가렸다. 이 비가 그치면 잠

시 폭염이 오고 무덥던 여름도 한마당의 꿈처럼 가고 그렇게 가을이 올 것이다. 머리털이 부스러지듯 잎들이 지고 가을걷이가 끝난 허무한 벌판에 무서리가 내릴 것이며 철새들은 또 다른 세계를 찾아 북녘으로 날아갈 것이다.

우리들 삶의 마지막 순간에 무엇이 기억될 것인가? 내 삶의 흔적으로는 무엇이 남을까? 드라마? 내가 연출했던 작품들이 벌써 잊혀지고 있다. 살갗이 타들어 가는 혹서 속에서 어렵게 얻은 한 장면, 눈보라 속에서 위험을 무릅쓰고 찍은 한 편의 드라마들, 쓸 만한 한 장면을 얻기 위해 지새운 수많은 밤들을 생각해 본다.

문학? 아닐 것만 같다. 하루에도 수백 권의 책이 출판되고 수백 명의 시인, 묵객들이 탄생하는 요즘 누가 있어 나를 기억해 줄 것인가. 몇 권의 책을 냈다고는 하지만 그저 많은 사람들 중의 하나일 것이다. 진정 내 심장을 관통하는 한 발의 화살이었던 문학은

＊(전략)
깡소주를 벗 삼아 물 마시듯 벌컥대고
수치심 잃은 육신을
아무 데나 눕힌다
빨랫줄 서너 발 철물점에 사서
청계산 소나무에 걸고
비겁의 생을 마감하자니
눈물로 찍어 내는 지어미와
두 아이가 "안 돼, 안 돼." 한다.
(후략)
—장금(노숙인) 〈집시의 기도〉
그는 노숙자 숙소 벽에 이 시를 써 놓고 2009년에 숨졌다. 무연고 시신으로 화장되었다.

내가 피 흘린 만큼 내 삶의 흔적으로 존재할 수 있을까? 궁거(窮居)한 벽학(僻學)의 파적(跛寂)거리에 지나지 않으리라.

지난 봄날 허무처럼, 눈물처럼 흩날렸던 꽃의 낙화, 미친 듯이 끝도 모르고 쏟아져 내리는 이 여름날의 소나기, 퇴직한 그해 가을에 찾아본 어느 산사의 저녁 이내, 스멀스멀 피어오르는 우울한 안개, 적막한 산속에서 눈의 무게를 이기지 못하는 부러지는 소나무 가지, 그 소리에 놀라 비상하는 산새 한 마리. 한없이 깊어지는 산, 산들, 적요(寂寥), 그리고 고독(孤獨)…….

삶의 마지막 순간에는 이런 아름다운 것들만이 기억되는 것이 아닐까? 노숙자로 추정되는 그 역시 얼굴을 가리고 아려 오는 가슴을 안고 무료 급식소 앞에서 목이 메는 아픔으로 한 끼를 때우는 치욕 따위는 잃어버리고 아내를 사랑하고 아이들의 장래를 걱정하며 행복하게 살던 아름다운 한때만을 기억하며 사라지리라.

비가 그쳤다. 무지개가 떴다. 오토바이가 요란한 소리를 내며 내닫고 멀리 북악이 한눈에 들어온다. 사람들은 저마다 뭐라고 떠들어 댔다. 세상은 한순간에 깨어나는데 삶에 지친 그 노숙자는 어디에서 무엇을 할까? 점심 겸 반주로 마신 술이 또 세상을 흐릿하게 한다. 새삼 삶의 무게가 어깨를 누른다.

앉아서 오줌 누는 남자

우리 동네에 '동백회' 라는 모임이 있다. 무슨 꽃구경 가자는 그런 낭만적인 모임이 아니라 '동네 백수회' 의 줄인 말이다. 5~6명이 한 달에 한 번씩 모여 세상 돌아가는 이야기도 나누고 신세타령도 한다. 회원들은 전부 백수다.

한때 저명한 교수도, 잘 나가던 사업가도, 건설업자도 있다. 그 회원의 멤버인 K씨는 가장 고참이다. 그렇다고 그가 사는데 별 어려움이 있는 건 아니다. 젊었을 때 짭짤하게 벌어 논 돈이 있어 술이 먹고 싶을 땐 언제든지 소주 정도는 먹을 수 있고 골프를 치고 싶을 때는 자주는 아니지만 필드에 나갈 수 있다. 아들딸도 이미 다 출가하여 근처에서 오밀조밀 산다. 남들이 부러워하는 생활을 하고 있다. 그런데 그는 사는 게 별로 재미가 없다.

젊었을 때 그렇게 오던 잠이 요즘은 새벽 4시면 깬다. 이른 새벽에 신문을 들고 앉아 샅샅이 뒤진다. '부고란' 까지 다 읽는다.

그러고도 시간이 남으면 TV 채널을 이리저리 돌리다 골프 연습장 문 여는 시간에 맞추어 연습장에 나간다. 거기서 그는 아침잠이 없어 새벽같이 나온 또래들과 어울려 운동을 한다. 아니 운동을 하는 게 아니고 커피 한잔 뽑아 들고는 아침 신문에 난 이런저런 뉴스를 화제로 열을 올리기 일쑤다.

한동안 '강부자,' '고소영'이 화제더니 최근에는 총선과 대선을 두고 서로 얼굴들을 붉히고 차제에 싸움질만 하는 국회를 아예 없애 버려야 한다고 입에 거품들을 문다. 그러나 K씨에게 노상 열 올릴 일만 있는 것은 아니다. 그를 기분 좋게 하는 것들도 있다. 박지성의 슛이나 이승엽의 홈런이 그렇고 골프가 그렇다.

그는 또래보다 골프를 잘 친다. 그래서 그는 골프 삼락(三樂)을 즐긴다. 즉 그는 내기 골프에서 지는 일이 별로 없다. 적은 돈이지만 돈을 딴다. 일락(一樂)이다. 운동 후 목욕을 하고 시원한 생맥주 한잔 하는 맛은 그 어느 것과 비교할 수 없는 즐거움의 극치다. 이락(二樂)이다. 그리고 돌아오는 길에 남의 차 뒷좌석에서 즐기는 수면은 가히 꿀맛 이상이다. 삼락(三樂)이다. 그는 그런 맛이라도 있기에 산다고 자랑을 한다.

그렇게들 중구난방으로 주절거리다 모두들 출근이 바쁜 8시쯤 되면 그들은 우르르 몰려나가 해장국을 먹는다. 대체로 밥값은 돌아가면서 낸다. 식사를 하면서 아침 해장술도 한잔 한다. 여기서도 아침에 떠들던 화제가 이어지고 그들 중 누군가는 반드시 대취하기 마련이다. 그러나 어쨌든 그들은 연습장으로 다시 온

다. 거기서 그들은 바둑이나 장기판을 들고 앉아 점심내기를 한다. 점심까지 몰려다니며 먹고 해가 설핏해지는 오후가 되어서야 각자 집으로 흩어진다. 그렇게 하루를 보내는 건 그 또래들이 한결같다. 그 이후부터는 K씨만의 단독 전쟁이 시작된다.

그는 옆 동에 사는 아들 부부가 맞벌이를 하는 바람에 손녀를 데려다 키우고 있는데 이 손녀와의 채널 전쟁이 마누라의 말을 빌면 가히 용호상박이다. 대개 스포츠 경기를 보겠다는 K씨와 만화영화를 보겠다는 손녀와의 전쟁이 그것이다. K씨가 별의별 수단을 다 써도 손녀는 꿈쩍도 않는다. 아이스크림이나 군것질을 사다 줘도 그때뿐이다. 급기야 손녀가 울고불고 난리를 치고 "할아버지 미워!" 하며 제 할머니에게 응원을 청하기 마련이고 그러면 마누라는 "주책없는 늙은이!" 운운하면서 손녀의 편을 들어주면서 그는 전의를 상실하고 만다.

웬 만화 채널이 그렇게 많은지 그는 나만 보면 우리나라 미디어 교육정책에 대해 욕을 해 댄다. 어쨌거나 그렇게 채널을 손녀에게 빼앗긴 K씨는 담배를 한 대 꼬나물고는 동네 공원에 나와 앉아 오고 가는 사람들을 보며 공연히 심란해한다. 그를 심란케 하는 것은 비단 그뿐이 아니다.

몇 년 전에 〈어바웃 슈미트(About Schmidt)〉란 영화가 있었는데 그때 늙은 잭 니콜슨이 변기 주위에 오줌 방울을 흘린다고 그의 마누라가 앉아서 볼일을 보라고 명령을 하자 그가 여자처럼 앉아서 오줌을 누는 장면을 보고 "사내놈이 저게 무슨 꼴이야."

하며 끌끌 혀를 찬 일이 있었다.

그게 영화만의 일이 아니었다. 정확하게 조준을 해도 제대로 뻗질 못하고 힘없이 변기 주위에 떨어지고 만다. 오줌 냄새도 본인이 맡아도 고약했다. 마누라가 그 영화를 봤는지 혹은 동네 여편네들이 그렇게 시키라고 속삭거렸는지 알 수 없지만 그 영화처럼 앉아서 오줌 누라는 명령을 한 것이다. 처음에는 단연코 거부했지만 손녀마저 화장실에 들어갔다 나오면서 "아이 냄새야." 하는데는 방법이 없었다. 이제는 앉아서 오줌 누는 게 오히려 편하다.

저녁은 또 마누라와의 채널 전쟁이 기다리고 있다. 서로 응접실 소파에서 편하게 앉아서 TV를 보려고 하기 때문이다. 그러면 마누라는 "하루 종일 빈둥거렸으면 무언가 마누라한테 미안해해야 하는 것 아니냐." 며 기어이 자기가 보고 싶은 채널을 차지하고 만다. K씨는 할 수 없이 안방에서 지상파만 나오는 TV를 보는데 거기에도 문제가 발생한다. 소리가 잘 들리지 않아 볼륨을 좀 키워놓으면 난리가 난다.

K씨는 아예 포기를 하고 이리저리 전화를 돌려 별 볼일 없는 동네 백수 하나를 생맥주 집으로 불러낸다. 그러고는 시원한 생맥주를 마시면서 그가 그렇게 좋아하는 프로야구나 프로농구를 즐긴다. 요행이 그가 좋아하는 구단이 승리를 하면 포장마차로 2차를 간다. 거기서 소주를 한잔 더 걸치고는 집으로 돌아오지만 대개 그때까지도 마누라는 TV 앞에 앉아 있다.

그는 안방으로 들어와 그의 취미와는 영 별개인 재미도 없는 방

송을 이리저리 돌리다 잠이 든다. 그는 스르르 잠이 들면서도 "자면 안 되는데 지금 자면 내일 4시에 일어나는데……." 하면서 눈을 부릅떠 보지만 알딸딸한 술기운에 그만 잠이 들고 만다. 그는 이튿날 새벽 4시 전후쯤에 어김없이 눈을 뜨고 만다.

겨울의 추억

옛날의 겨울은 정말 추웠다. 방 안에 떠 놓은 자리끼가 꽁꽁 얼고, 방바닥은 절절 끓어도 얼굴을 이불 밖으로 내밀면 코끝이 시려 왔다. 몸을 웅크리고 한껏 이불을 뒤집어써도 파르르 문풍지 떨리는 소리, 가랑잎이 바람에 쓸려 가는 소리, 처마에 고드름 떨어지는 소리는 한기를 더욱 부채질했다.

한밤중 오줌이 마려워 방을 나서면 바람이 불 때마다 삐거덕거리는 대문 뒤에서 누군가가 튀어나올 것 같고, 달빛이 쏴하게 쏟아지는 마당에선 소복한 귀신이 히죽이 웃으며 걸어 나올 것만 같았다. 절로 진저리가 쳐지며 오소소 소름이 돋곤 했다. 얼른 쪽마루에서 마당을 향해 오줌을 깔기고 방 안으로 후딱 들어와 이불을 뒤집어쓰곤 했다. 이튿날 아침이면 국화꽃 진 마당에 허옇게 서리가 내려앉았고 내가 밤중에 눈 오줌은 꽁꽁 얼어 누런 빙판을 이루었다. 그런 겨울 아침이면 어머니는 혀를 끌끌 차면서

부엌 삽으로 대충 오줌 얼음을 긁어 냈다. 그대로 두면 여름에 지린내가 등천을 하기 때문이다.

지난겨울은 눈도 많이 오고 유난히 추웠다. 몹시 추운 어느 날 유리창을 치고 지나가는 날카로운 바람 소리에 잠이 깼다. 화장실에 갔다 나오면서 잠깐 베란다에서 서서 아파트 광장을 내려다보았다. 광장에는 차가운 달빛이 쏴하게 쏟아지고 매섭고 빠르게 지나가는 바람에 나무가 부러질 듯 이리저리 마구 흔들리고 있었다. 어머니 생각이 났다. 가마때기로 대충 바람벽을 쳐놓은 부엌에서 자식들 따뜻하게 먹이려고 쌀뜨물로 숭늉을 끓이던 어머니의 시퍼렇게 얼은 얼굴이 떠올랐다.

그 시절 반찬은 짠지와 시래깃국이 전부였다. 그러나 형은 달랐다. 어머니는 항상 형을 위해 버터와 계란을 준비했고 형은 뜨거운 밥 속에 버터를 넣어 녹이고 날계란을 풀어 비벼 먹었다. 나는 침을 삼키면서 형이 한 숟갈 남길 것을 기대했지만 대부분 허탕이었다. 나중에 돈 벌면 나도 형처럼 그렇게 먹어야겠다고 다짐을 하곤 했다.

그날 나는 마누라에게 그 옛날처럼 쌀뜨물 숭늉을 한 번 끓여보라고 했더니 별 궁상을 다 떤다고 핀잔을 주었다. 저녁때 나는 마트에 가서 버터를 사와 그 옛날의 형처럼 비볐다. 마누라는 지방 덩어리라고 질색을 했지만 나는 군침마저 삼키고 한 숟갈 떠먹어 보았다. 옛날의 그 맛이 아니었다. 날계란의 비릿한 맛과 느끼한 버터 냄새가 섞여 비위마저 상했다.

왜 그토록 그 음식을 그렇게 탐했던가. 그건 아마 그 겨울의 추억 때문이었으리라. 그렇게 자식들에게 공을 들였건만 고생만 하고 효도 한번 제대로 받아 보지 못하고 떠난 어머니가 먹다 남은 밥공기 위로 겹쳐 왔다. 나는 천장을 한참 올려다봤다. 그렇다고 눈물이 감춰지지는 않았다.

대구역 광장은 매섭고 차가운 겨울바람에 앞으로 걸음조차 옮기기도 힘들었다. 열차는 이미 끊어졌고 가로등마저 싸늘한 길에는 인적이 드물었다. 곳곳에 날카로운 호각 소리가 울려 퍼졌고 먼 곳 어디에서 급박한 사이렌 소리가 들려왔다. 미처 귀가하지 못한 취객들은 택시를 잡으려고 이리 뛰고 저리 뛰었고 어느 가게에서 흘러나오는 라디오 임시 뉴스에서는 계엄령이 선포되어 통금이 앞당겨졌으니 빨리 귀가하라는 아나운서의 다급한 목소리가 흘러나왔다. 나는 걸어오던 길을 돌아보았다. 어머니도 그런 나를 한동안 물끄러미 보더니 말했다.

"뒤돌아보지 마라. 나는 두 번 다시 이 땅을 밟지 않을 거다."

어조는 비장했지만 끝말에는 기어이 물기가 묻어났다. 다급한 김에 역 앞에 있는 허름한 여인숙을 찾아들었다. 갑작스러운 통금에 이미 손님은 다 찼고 이불 같은 물건을 놓아 두는 골방이 하나 남아 있었다. 그나마도 우리는 통사정을 해 들었다.

1980년대 그 시절 여인숙은 거의 연탄을 땠다. 연탄불을 넣었다고는 했지만 새벽까지 냉골이었고 우리는 밤새도록 추위에 떨었

다. 비단 추위가 아니더라도 잠잘 처지가 못되었다.

어머니는 6·25 때 지아비를 잃고 혼자 힘으로 삼 남매를 키웠다. 그 설움이 오죽했겠는가. 외벽을 훑고 지나가는 바람 소리가 짐승처럼 으르렁거렸고 그 서슬에 천장의 알전구가 흔들리며 을씨년스러운 분위기를 만들어 냈다. 벽에 기대 망연히 천장만을 올려다보는 어머니는 마치 거미 같았다. 자식에게 다 내어주고 빈껍데기만 남은 거미 말이다. 나 역시 홀어머니 밑에서 제대로 공부도 못하고 이리저리 굴러다닌 내 삶이 불쌍해 피를 흘리고 있었다.

이튿날 새벽, 우리는 첫차를 타고 서울로 왔다. 그날이 바로 12·12사건이 나던 날이었다. 그날 이후 어머니는 당신의 결심대로 돌아가시는 날까지 그 땅을 다시 밟지 않았다.

겨울을 떠올릴 때마다 구수한 뜨물 숭늉과 버터 비빔밥을 차려 내오시던 시퍼렇게 얼은 어머니의 얼굴이 생각나고, 바람 부는 광장을 웅크리고 종종걸음을 치던 그 도시의 삭막한 거리가 잊혀지지 않으며, 춥고 을씨년스러웠던 초라한 여인숙에서 당신의 외롭고 쓸쓸했던 인생을 반추하던 그 모습이 지워지지 않는다.

"어머니, 이제 당신의 겨울은 따뜻하지요?"

익숙해지기

내 나이 50중반 때였다. 지하철을 타고 졸면서 가고 있는데 어린아이가 계속해서 울어 댔다. 자면서도 '아이가 뭐가 불편한가? 왜 저렇게 울어 대지?' 하면서 비몽사몽간 전철의 진동에 몸을 맡기고 있었다. 그런데 아이 엄마인 듯한 여자의 목소리가 들렸다.

"할아버지가 이놈 한다!"

그러자 아이가 울음을 그쳤고 전철 안이 갑자기 조용해졌다. 나는 눈을 떴다. 사람들이 모두 나를 쳐다보는 것이다. 나는 실내를 둘러봤다. 할아버지라고 호칭할 만한 사람은 나밖에 없었다. 아이도 나를 빤히 쳐다보고 있었다. 나는 얼굴이 벌게졌다. 나는 할아버지가 아니라는 뜻으로 아이를 향해 얼떨결에 손사래를 쳤다. 아이는 여기에 놀라 다시 울음을 터뜨리고 제 엄마 품을 파고들었다.

나는 부모로부터 물려받은 대머리다. 그래서 사람들은 실제 나

이보다 항상 많이 본다. 덕 보는 경우가 없는 것은 아니지만 모멸감 비슷한 경험도 꽤 많이 당했다. 50대 초반부터 할아버지라는 말을 간간히 듣곤 했지만 이렇게 대중 앞에서 공식적으로 할아버지라는 호칭을 들은 건 처음이었다. 얼굴이 달아오르지 않을 수 없었다.

그 이후로 할아버지라는 호칭은 수시로 나를 부끄럽게 했다. 그래서 누가 할아버지라고 부르면 나는 할아버지가 아님을 애써 설명하곤 했다. 그때도 지하철을 타고 퇴근을 하는데 누가 내 어깨를 친다. 보니 한 청년이 나를 내려다보면서 이렇게 말했다.

"저……, 저는 장애인인데요."

"아이고, 미안하네. 여기 앉게."

나는 얼른 일어섰다. 그러자 앞에 서 있던 나보다 나이가 조금 많아 보이는 분이 벼락같이 소리를 질렀다.

"아니, 저기 젊은 사람들도 많은데 왜 하필 이 노인네를 일어나라고 하는 거야."

그 소리에 놀라 사람들이 다 그를 쳐다보았고 일부는 주춤주춤 일어났다. 그 장애인도 엉거주춤 일어났다. 나는 황급히 손사래를 치면서 그랬다.

"나, 노인이 아닙니다." 그러자 그 사람은 청년에게 "자네는 저기 가서 앉아!" 하더니 나보고는 "그러지 마시고 이리 앉으시오." 하고는 내 어깨를 눌러 억지로 자리에 앉히고는 자신은 내 옆자리에 털썩 앉았다. 그리고 모두 들으라는 듯이 "요즘 젊은 놈들은 위

아래가 없어, 그렇지 않소.” 하는 것이다.

나는 그때도 얼굴이 벌게졌다. 도대체 그 할아버지라는 소리가 영, 귀에 거슬렸다. 백화점 같은 데서도 ‘고객님’ 이나 ‘손님’ 이라는 말 대신 ‘아버님’ 아니면 ‘할아버지, 혹은 어르신’ 이라는 소리를 많이 듣는다. 처음에는 아버님이라는 말도 기분이 나빠 그냥 나오는 경우가 많았는데 이제는 아예 할아버지다. ‘내가 나이가 많이 들어 보이는 모양이다!’ 라고 이해를 하면서도 나는 그게 거북했다. 그러다 손녀가 태어났다.

손녀가 할아버지라는 말을 아직은 못해도 할아버지가 어디 있냐고 하면 나를 가리킨다. 그 순간 나는 기분이 좋아진다. 그렇게 듣기 싫던 할아버지라는 말이 또 그렇게 사람을 기분 좋게 한다.

날 좋은 날은 손녀의 손을 잡고 동네 공원에 놀러 간다. 손녀는 할아버지의 손을 놓지 않는다. 조금만 떨어져 있어도 할아버지를 찾아 두리번거린다. 그러면 동네 할머니나 할아버지들이 “어, 할아버지 없네. 할아버지 어디 갔네.” 하면 입을 삐죽거리며 눈에 눈물이 금세 그렁그렁한다. 그 순간에 내가 얼굴을 내비치면 쏜살같이 달려와 내 품에 안긴다.

비로소 할아버지가 되었다. 말하자면 손주가 있음으로 할아버지가 된 것이다. 그전에는 영 어색했지만 지금은 아무 거부감 없이 받아들인다. 지금은 할아버지라는 말이 행복처럼 들린다.

며칠만 보지 않아도 이놈이 밥은 잘 먹는지, 잠은 잘 자는지, 어디 아픈 데는 없는지 노심초사한다. 영락없는 할아버지다. 그러

고는 내가 이 세상에 없을 때까지를 걱정한다. 이놈이 공부를 잘해야 할 텐데, 예쁘고 건강해야 할 텐데, 나중에 훌륭한 사람이 되어야 할 텐데, 등등의 세상살이에 미치면 할아버지가 해 줄 수 있는 일이 너무 없다는 것이 안타까워지기도 한다.

이제 할아버지라는 말에 익숙해졌다. 어느 날 손녀가 감기에 걸려 병원으로 데리고 가는데 한 40쯤 되어 보이는 허름한 노동자 차림의 한 남자가 내게 다가오더니 "아저씨! 말 좀 물어봅시다." 한다. 나는 화들짝 놀랐다. 내 뒤에 누가 있는가 싶어 뒤를 돌아다봤다. 아무도 없었다. 그가 길을 물었지만 나는 잘 몰라 가르쳐 주질 못했다. 그날 기분이 묘했다. 아저씨라니! 나는 몇 번이고 '아저씨'라는 말을 되뇌었다. 이제는 아저씨라는 말이 낯설다. 늙었구나.

사람들은 살아가면서 수시로 호칭이 바뀐다. 학생, 젊은이, 청년, 아저씨 등등으로 말이다. 성장해 가고 이윽고 노숙해져 간다. 자꾸 듣고 싶은 호칭도 있다. 평사원에서 과장이 된다거나, 부장이나 팀장이 된다거나 할 때 새로운 호칭은 출세의 상징 같아 누가 자꾸 불러 주기를 원한다.

그러나 그 호칭에 걸맞는 역할을 하기란 그리 쉽지 않다. 공자도 그랬다. 임금은 임금다워야 하고 신하는 신하다워야 하고 아버지는 아버지다워야 하고 자식은 자식다워야 한다고 했다. 할아버지도 그 역할을 제대로 할 때 그 호칭이 빛날 것이다. 공자는 이를 정명(正名)이라고 했다.

늙은이들은 새로움에 익숙하지 않다. 비단 호칭뿐이 아니라도 생소한 것에 대해 공포감을 느낀다. 새로운 곳으로 이사 가기도 두려워한다. 새로운 풍습을 익히고 새로운 사람을 만나 그곳에 익숙해지기가 쉽지 않기 때문이다. 그러나 어찌하랴. 사람의 의지로 어찌할 수 없는 것 중의 하나가 세월이 아니던가. 세상살이에 익숙해지고 또 거기에 걸맞는 역할을 할 때라야 비로소 빛나고 행복해질 수 있을 것이다. 내가 할아버지라는 말에 익숙해져야 하는 까닭도 그러하리라.

한낮의 우울

그가 오기로 한 시간이 벌써 지났는데도 소식이 없다. 스태프들은 한여름의 오수(午睡)를 즐기고 있다. 매미는 귀청이 찢어지게 울어 대고 모든 풍경은 정지해 버린 듯하다. 마을 가장자리 가장 높은 곳에 위치한 한옥의 시원한 대청마루에서 나도 막 낮잠에서 깨어나 멍한 기분으로 멀리 시선을 두었다. 내리쬐는 햇살 때문에 모든 게 하얗게 바래 버린 듯하다. 마을 어귀를 휘돌아 나가는 강가에서 한 강태공이 조는 듯 낚싯대를 드리우고 있는 모습이 눈 아래로 들어왔다. 한낮의 폭염 때문인지 마을 전체가 움직임이 없다. 배우(俳優)가 없으니 오늘 촬영은 틀린 것 같다. 사고나 없었으면 하는 바람이다.

휴대전화도 없었던 시절이라 어디 연락할 데도 없다. 아직 조금의 여유는 있는지라 마음을 느긋하게 먹기로 했다. 나는 일어나 천천히 마을을 걸었다. 갈증이라도 해소할 양으로 마을 입구에 있

는 구멍가게에 들렀더니 주인은 없고 선풍기만 홀로 돈다. 강가로 발길을 옮겼다. 낚시꾼은 아직도 그대로다. 옆에 바구니를 봤더니 피라미만 몇 마리다.

"고기가 많이 잡히는가요?"

"웬걸요."

70이 가까워 보이는 노인이 느릿느릿하게 말을 잇는다. 노인의 모습에서 어려움을 잘 견뎌 내고 살아남은 자의 녹녹치 않은 고집이 엿보인다.

"이 동네 사세요?"

"저 위쪽 댓골에 삽니다."

"아, 네."

그러고는 나도 노인 옆에 앉아 말없이 강을 내려다봤다. 여름 햇살이 강물에 실려 눈부시게 부서지고 있었다.

기차가 기적을 요란하게 울리며 지나갔다.

"촬영하러 오신 일행이요?"

"네."

그러고는 노인은 말이 없다. 낚시도 움직임이 없다. 정적이다. 목관악기의 맑고 깨끗한 음향에 실려 나오는 모차르트의 〈클라리넷 협주곡〉을 연상케 한다. 시드니 폴락 감독의 영화 〈아웃 오브 아프리카〉에서의 드넓은 아프리카 초원에 텐트를 치고 야영하면서 불타는 저녁놀을 배경으로 커피를 마시며 듣던 그 음악이 주는 감동이다.

막차마저 끊긴 시간, 상점의 불빛이 조는 듯 가물거리는 거리를 느릿느릿 술 취해 걸어가는 중년 사내의 외로운 뒷모습을 볼 때, 관 뚜껑에 못질하듯 가을비가 처량하게 추적거릴 때의 그런 감상이다. 나는 마음속으로 고즈넉하게 멜로디를 읊었고 노인은 강물만 바라보았다.

얼마가 지났을까. 노인이 무거운 침묵을 깨며 물었다.

"나와 술 한잔 하시겠소?"

나는 노인이 무슨 뜻으로 그러나 싶어 잠시 머뭇거렸으나 노인은

"별 뜻은 없소. 그냥 오늘은 일이 없는 것 같아서…… 싫으면 관두시고."

나는 얼른 되받았다.

"폐가 안 된다면……."

"폐는 무슨…… 따라오시오."

그가 앞장을 섰다. 노인의 집은 동네 끝자락 둔덕 위에 있었다. 민속마을로 지정되어 고옥이 많은 동네이긴 하지만 노인 집 초입에 허물어진 기와집 몇 채가 눈에 들어왔다. 나는 걸음을 멈추었다. 노인이 그랬다.

"한때는 다 떵떵거리며 살던 집안이었는데……."

봄은 잠시 왔다 간다는 걸 알지만 어쩐지 세상사 쓸쓸해진다. 사라져 간다는 것, 폐허가 된다는 것은 외로움이나 비애만은 아닐 것이다. 수십 년간 비바람을 맞고 기와 위에 내려앉은 푸른 이

끼들, 삭아진 문설주에 삐딱하게 매달린 낡은 주련(柱聯), 그 판독하기 어려운 글자들, 주저앉은 대들보, 찢어진 창호지, 먼지만 수북한 대청마루. 그 텅 빈 공간을 뒤덮은 무성한 잡초, 적막……

장엄한 아름다움이 바로 이런 것인가. 한때, 가세는 하늘을 찔렀을 것이고 그 조상이 분명하여 후손들은 학문이 높은데다가 엄격함이 사방으로 퍼져, 향내 나는 양반이라는 소리를 들은 명문세족들이었을 것이다. 그렇지 않으면 대쪽 같은 지조로 헛된 명리를 초개(草芥)같이 버리고 오로지 묵향과 거문고만을 벗 삼아 은거(隱居)한 선비일 수도 있으리라. 가뭇없이 사라진 그들의 영화(榮華)가 눈물겹다.

모깃불이 자욱한 마당 평상에서 나는 노인과 농주 몇 잔을 했다. 설핏 어두워지면서 하늘에는 별들이 아우성치듯 쏟아지고 호박넝쿨 사이로 반딧불이가 어지럽게 날았다. 바람이 쏴— 하고 대밭을 훑고 지나갔다. 원형이정(元亨利貞)이라 했던가. 벌써 여름이 가는 듯 야기(夜氣)가 써늘하게 등줄기를 훑어 내는가 싶더니 살갗에 잔 소름마저 인다.

PD라는 별다른 직업에 관심도 있으련만 노인은 몇 마디만 물어보고는 말이 없다. 술잔이 비면 술을 부어 줄 따름이다. 가끔 고개를 들어 뜰에 핀 꽃을 보고 새소리에 귀를 기울이는 듯했다. 무심(無心)인가. 꽃들은 웃고 있지만 그 웃음소리가 들리지 않고(花笑檻前聲未聽), 새가 울지만 그 눈물이 보이지 않았다(鳥啼林下淚

難看).

　하루 종일 가슴을 무겁게 했던 우울(憂鬱)이 스멀스멀 빠져나
간다. 참 편안하다. 농주의 취기도 만만치 않았겠지만 그냥 누워
잠들고 싶다. 얼마 만에 맛보는 안락함인가. 종종거리며 산 세월
들이 아득하다. 당장 내일은 오늘 몫까지 촬영해야 하기에 엄청
바쁠 것이다.

　내 언제일까. 이 저급한 세속의 욕망을 털어 버리고 비록 남들
이 보면 보잘것없는 소망일망정 스스로의 신념에 의존하여 이런
산속에 한갓지게 묻혀 지낼 수 있는 날이…….

〈한낮의 우울〉을 읽고

—이관희(수필가)

　'문학은 형상이다' 라는 이론은 아리스토텔레스 이래, 변함없는 창작이론이다. 백철 교수는 그렇기 때문에 창작 작가는 사물을 형상적으로 인식하게 된다고 하였다.

　문학이 형상을 창작하는 것이라면 작품 속에 어떤 창작된 형상이 없으면 창작 문학이 아니라는 뜻이 될 것이다. 에세이가 바로 그런 (비창작) 일반 산문문학의 대표적 형식이라는 것이 문학 이론의 정론이다.

　몽테뉴의 에세이는 그 같은(비창작) 일반 산문문학으로 출발한 문학양식이다. 그러나 문학의 속성은 진화하는 데 있다. 몽테뉴의 에세이는 베이컨을 거쳐 찰스 램에 이르는 약 2백 년 동안의 진화 과정을 통해서 창조적인 산문 수필로 진화하였고 찰스 램으로부터 다시 근 2백 년 가까이 세월이 지나고 있는 현대에 와서는 본격적인 창작 문예 수필 작품들이 등장하게 되었다.

　창작 문학이 형상을 창작하는 문학이라면 창작 문예 수필도 예외일 수가 없다. 창작 문예 수필은 어떤 형태의 형상적 세계를 창작하는 문학인가? 그 한 양상을 보여 주는 것이 이 작품이다.

　이 작품의 제목은 〈한낮의 우울〉이다. 우울은 어떤 일정한 형식이 없는 추상적 개념이다. 그렇다면 우울을 어떻게든, 어떤 구체적인

모양으로 형상화해야 창작 문학이 될 수 있을 것이다.

　이 작품의 작가 장기오는 대PD라는 칭호를 가지고 있는 영상 창작의 대가다. 그러므로 형상 창작이라는 것이 어떤 것인지 너무나도 잘 아는 작가인 것이다. 다만 영상 이미지와 문학적 이미지의 작법이 다르다는 문제가 있을 뿐이다. 이 작품의 배경은 마치 촬영감독이 세트 장치를 해 놓은 것 같은 느낌이 들 정도로 세밀하고 정교하다. 서두 문장에서부터 설정하고 있는 무대는

소식이 없다.
풍경은 정지해 버린 듯
강태공이 조는 듯 낚시 대를 드리우고
움직임이 없다.
주인은 없고 선풍기만 홀로 돈다.
정적이다.

　이 모든 배경은 무더운 여름날 아무것도 어떻게 할 수 없는 상황의 설치 배경이다. 이 같은 배경 설정만으로도 〈한낮의 우울〉증이 일어날 만하지 않겠는가. 그러나 문장으로 창작해야 하는 우울의 이미지는 세트 설정만으로는 아직 부족하다.

　작가는 노인을 등장시킨다. 그리고 고옥에서 농주 한잔을 나눠 마시게 된다. 그런데 노인과의 관계는 '노인은 몇 마디만 물어보고는 말이 없다' 의 관계가 지속된다. 그러니까 작가는 '정지해 버린 듯'

한 한낮의 우울한 배경 속에 '말 없는 노인'을 등장시키므로 한낮
의 우울을 극대화하여 형상화하고 있었던 것이다. 영상 이미지 창
작의 대가다운 이미지 작법이라 할 수 있을 것이다.

　이 작품의 또 다른 특징으로 지적해야 할 것은 전반부는 얼핏 이
상의 〈권태〉의 분위기가 연상되고 후반부 노인과의 대작에서는
윤오영의 〈달밤〉의 창작 세계가 연상되는 작품의 분위기를 만들
어 내고 있다는 점이다.

노인을 위한 나라는 없다

일요일이었다. 저녁밥하기 싫다고 구시렁거리는 마누라를 데리고 동네 근처 순댓국집에서 밥을 먹고 집으로 가던 중이었다. 횡단보도 앞에서 신호등이 초록불로 바뀌는 것을 보고 걸음을 막 옮기는데 중형차 하나가 횡단보도 한복판에 '끽―' 하면서 급브레이크를 잡았다. 우리보다 한 발자국 먼저 앞서가던 노인 하나가 화들짝 놀라 뒷걸음을 쳤다. 하마터면 인사 사고가 날 뻔했다. 화가 난 노인이 승용차 뒤 트렁크를 몇 번 치면서 소리를 질렀다.

"신호 지키면서 다녀!" 그러자 차 앞문이 벌컥 열리고 30대 후반으로 보이는 젊은이가 나오면서 마주 소리를 지른다. "어떤 새끼야!" 70이 넘어 보이는 그 노인은 기가 막혔는지, "아니, 이런 버르장머리 없는 놈이 다 있어!" 하고는 한 발자국 다가갔다. 그러자 그 청년은 "뭐, 이런 새끼가 다 있어." 하면서 노인의 먹살을 잡았다. 옆을 지나던 나는 순간적으로 피가 끓어올랐다.

"이봐 젊은이, 당신 아버지뻘 되는 사람이야. 이게 무슨 행패야." 하고 소리를 지르자 그 젊은이는 "길이나 가시오." 한다. "이런 나쁜 자식이 있나. 이런 놈은 잡아다 혼을 내야 돼!" 하면서 두 사람 사이로 내가 다가갔다. 기겁을 한 집사람이 나를 가로막으면서 말렸다. 그러자 조수석에 앉았던 그의 마누라로 추정되는 젊은 여자가 나오더니 "왜 길 가는 사람을 막고 시비를 걸어요, 걸기는!" 하면서 삿대질을 하면서 패악을 부렸다.

뒷좌석에서는 초등학교 저학년으로 보이는 사내아이가 내려 아빠, 엄마를 지켜본다. 길 가던 사람들도 서서 지켜본다. 그래도 그 젊은 부부는 노인의 멱살을 잡고 흔들며 욕을 해 대고 있었다. 나도 엉켜들어 일변 말리고 일변 젊은이를 나무랐지만 막무가내였다. 힘으로는 그들을 당할 수가 없었다. 나와 노인이 밀렸다. 그러자 불빛이 몇 번 번쩍거렸다. 행인 몇몇이 휴대폰을 꺼내들고 사진을 찍는 듯했다. 그제야 젊은이는 자기 식구들 보고 "빨리 타, 어서." 하면서 차 안으로 들어갔고 그 마누라도, 아이도 번개같이 올라타더니 아예 신호를 무시하고 달아나 버렸다.

노인은 허탈한 듯 차 뒤꽁무니를 멀거니 쳐다보며 중얼거렸다. "말세야! 말세." 하고는 나보고는 "아이고, 고맙습니다. 나 때문에 봉변당했습니다 그려. 미안합니다." 내가 그랬다. "어디 다친 데 없습니까?" 그러자 노인은 "괜찮습니다." 하고는 황망히 가던 길을 갔다. 그 뒷모습을 한참을 지켜봤다.

나도 그런 일을 당한 적이 있었다. 우리 아파트 앞 도로가 편도

일차선인 까닭에 항상 막힌다. 그래서 뒷골목으로 우회를 많이 하는데 이 골목, 역시 좌우로 차를 세워 놓아 서로 양보하지 않으면 통행이 불가능했다. 그런데 그날 나는 앞에 차가 안 오는 걸 확인을 하고 차를 진입시켰는데 100m가량 되는 골목의 70m 정도 왔을 때 앞에서 차가 한 대 들어오는 것이었다. 나는 들어오지 말라고 라이트를 번쩍거렸지만 그 차는 기어이 들어와 내 차와 딱 마주쳤다. 모르고 들어왔다면 당연히 후진 거리가 짧은 차가 양보를 해야 하는데도 그 차는 내 양보를 기다리며 꼼짝할 생각을 안 했다. 내가 뒤로 물러가라고 손짓을 해도 그 차는 움직일 생각을 않았다. 급한 내가 한참을 후진해 옆 공간에 간신히 차를 빼 그 차가 빠져나갈 공간을 마련해 주었다. 차가 내 옆을 지나칠 때, 나는 창문을 열고 손짓을 하면서 "늦게 들어온 차가 빠져 주어야지!" 하면서 혀를 끌끌 찼다. 그러자 그 차의 창문이 열리면서 아들 뻘쯤 되어 보이는 젊은 놈이 댓바람에 "미친 놈, 지랄하고 있네." 하고는 휭 하니 가 버렸다. 그날 하루 종일 기분이 엿 같았다.

얼마 전에는 지하철에서 자리를 양보해 달라는 노인에게 대거리를 하고 나선 젊은 아가씨의 동영상이 인터넷에 유포돼 시끄러운 적이 있었고, 70대 노파와 젊은 여자가 지하철에서 자리 양보로 머리끄덩이를 잡고 싸운 일 등으로 세간의 화제가 된 적이 있다.

물론 이런 경우, 노인에게도 잘못한 부분이 상당했던 것으로 보

였다. 공연히 젊은이들 앞에 서서 자리 양보 안 한다고 눈총을 주는 노인네들이 있다. 그들 젊은이들 입장에서는 경로석이 따로 있고 또 그들도 노인들 못지않게 피곤하다. 그리고 이제는 노인 인구가 많아져 노인에게 우선적으로 자리를 양보하다 보면 젊은이들 대부분이 서서 가야 할 처지가 되었다. 내가 노인이니까 모조건 젊은이들이 양보하라는 식의 생각은 옳지 않다.

예의지국이란 말은 이제 가당치도 않다. G20 회의를 개최하고 선진국에 진입했다고 자랑하고 대학 진학률이 82%에 육박한다고 떠든다. 글로벌스탠더드를 말하고 국격(國格)을 논한다. 그러함에도 불구하고 이제 나이나 연륜이 중요한 세상이 아닌 것 같다. 먼저 차지한 자, 그리고 이긴 자, 거짓말을 하든, 권모술수를 쓰든 억지를 쓰든, 일단 상대를 제압하면 정의가 되는 세상사에서 이런 풍습이 연유되었으리라는 생각은 나만의 생각일까.

노인의 멱살을 잡고 흔들던 그 젊은이도 아마 유수 기업의 중간 간부 정도로 고급 승용차를 몰고 휴일 날, 가족들 하고 외식 정도는 즐길 수 있는 한국의 대표적인 중산층이리라. 그러나 그의 행동거지에서 무례(無禮)와 천박함이 그대로 묻어났다. 그 젊은이의 수준이 바로 우리나라의 평균 수준이리라. 국민소득이 아무리 높아도 행동거지가 천박하고 품위가 없으면 선진국이라 말할 수는 없을 것이다. 이웃을 배려하고 타인을 존중할 줄 알고 실수를 인정하고 용서를 구하고…….

이런 풍토가 조성되어야 비로소 선진국이랄 수 있을 것이다. 툭

하면 시비하고 멱살 잡고 싸우고 욕하는 패륜에, 자본주의적 저
질 대중문화가 범람하는 사회를 격조 있는 사회라고 결코 말할
수는 없으리라. 품위 있는 삶을 생각할 때이다.

잠 좀 잡시다

우리 속담에 '오뉴월 개 팔자'라는 말이 있다. 하는 일 없이 빈둥거리면서도 잘 먹고 잘 사는 팔자를 일컫는 말일 것이리라. 그 말이 맞는다면 나는 정말 '오뉴월 개 팔자'처럼 늘어지게 잘 살 팔자다.

나는 그 속담에 꼭 들어맞는 병술년(丙戌年) 개띠에 5월생이기 때문이다. 그러나 나는 한 번도 편히 발 뻗고 자 본 일이 없다. 종종걸음을 치며 부지런을 떨어야 했으며 조악한 음식으로 허기를 메우곤 했다. 그런 개띠인 내가 개밥이 될 뻔한 일이 두 번 있었다.

그 첫 번째는 중학교 때였는데 그날따라 짝꿍 친구가 자기 집에 가서 숙제를 같이하자고 해서 그의 집으로 가고 있는데 중간쯤 왔을까 가축병원이 보였다. 그런데 길가 가로수에 덩치가 어지간한 개가 묶여 있는 거였다. 나는 그 친구 왼쪽에서 걷고 있었는데 어쩐지 예감이 이상하여 운동화 끈을 묶는 척하면서 한 발자국

뒤처졌다가 따라가면서 병원 입구 쪽이 있는 그의 오른쪽으로 슬쩍 자리바꿈을 했다. 그는 상업 선생 욕을 하는데 열을 올리느라고 나의 그런 행동을 전혀 이상하게 생각지 않은 것 같았다.

막 가축병원 입구를 통과하려는 순간, 가로수에 묶여 있던 덩치 큰 개가 뛰어오르면서 친구의 왼쪽 넙적다리를 물고 늘어진 것이다. 그는 기겁을 하며 울음을 터뜨렸고 병원에 있는 사람들이 뛰어나와 개를 떼어 놓았지만 이미 교복 바지는 찢어지고 피가 흘러내렸다.

그 후 그는 광견병 예방주사가 얼마나 아픈지를 수시로 나한테 징징거리면서 읊어 댔고 내가 물릴 걸 제가 대신 물렸다고 지금까지도 나를 얍삽한 놈이라고 욕을 해 대고 있다. 첫 번째 개밥 신세는 친구 덕에 모면했다.

두 번째는 내가 가르치던 제자 놈한테서다. 그때 나는 입주 가정교사를 했는데 그 집에서는 전국 개 싸움대회에도 나가 입상을 한 경력이 있는 험상궂게 생긴 불도그를 한 마리 키우고 있었다. 그런데 이게 나보다 더 호사를 누리는 것이었다. 개 팔자보다 못한 더러운 팔자라고 자조를 하다 보니 그 개를 바라보는 내 눈이 고울 리가 없었다. 이심전심인지 그 개도 나만 보면 이빨을 드러내며 으르렁거렸다.

머리 나쁘고 가망 없는 놈을 맡아 고전하던 어느 날, 그 집 부모가 다 외출하고 텅 빈 집에서 공부를 가르치는데 놈이 영 말을 안 듣고 뺀질거려서 회초리를 들고 몇 대 때려 주었다. 그런데 아,

이 자식이 그날따라 심하게 반항을 하면서 방문을 열고 도망가는지라 화가 나서 뒤쫓아 나갔는데 글쎄 이놈이 개집 앞으로 가 개 문을 열어 주면서 나를 물라고 '쉬쉬' 하는 것과 동시에 개가 공중으로 솟구쳐 오르는 것이 눈에 들어왔다. 순간적으로 곧바로 뒤돌아서다가는 뒷덜미가 물릴 것 같아 ㄱ자로 꺾어 안방이 있는 대청으로 뛰어들었다. 개가 꿍하고 나가떨어지는 걸 보고 나는 얼른 대청마루 문을 닫아걸었다. 본능적으로 피하긴 했지만 식은땀이 흐르면서 벌벌 떨렸다.

그 후 녀석은 아버지에게 안 죽을 만큼 얻어맞았고 나는 그 개가 그 집에 있는 한, 못 있겠다고 버티다 결국 그 개를 다른 곳으로 옮기기로 하고 그 집에 눌러앉았다. 그 생각을 하면 아직도 등허리에서 식은땀이 흐른다.

그래서 나는 개띠지만 개에 대한 인상이 별로 좋지 않다. 그렇다고 내가 개 키우는 사람들을 매도할 생각은 전혀 없다. 단지 개를 좋아하는 것만큼 타인에 대한 예의도 지켜 달라는 것이다.

한때 지하철에서 개똥을 치우지도 않고 몰래 내려 '개똥녀'를 찾으려고 네티즌들이 법석을 떨었던 일도 있었다. 개 키우는 일이 시대의 유행이라지만 〈TV동물농장〉 같은 프로를 보면 10여 마리 정도의 개를 방 안에서 키우며 숙식을 같이하는 사람들을 심심찮게 볼 수 있다. 집안을 온통 개들 천지로 만들어 놓고 좋아 못살겠다는 표정들을 짓는 사람들을 보면 참 '개판'이 따로 없다는 생각이 든다.

그들 나름대로의 사정이야 다 있겠지만 은밀하게 구석구석 쌓이는 그 개털의 불결함과 음식에까지 그 개털이 들어갈 수 있다고 생각하면 내 온몸이 다 근질거린다. 그것뿐이라면 그래도 참을 만하다. 우리는 G20 회의를 개최하고 선진국 대열에 들어섰다며 자랑들을 한다. 그러면서도 남의 불편을 전혀 생각하지 않는다. 언론사 외국 특파원들이 가장 고통을 느끼는 것은 밤 10시 이후는 목욕은커녕 전화도 마음대로 쓰지 못한다. 이를 어겼을 경우 즉각 경찰이 출동한다. 남을 불편하게 했기 때문이다.

우리도 공동주택에서는 개를 기를 수 없도록 되어 있다. 이웃을 위한 배려 차원에서다. 방(榜)을 써 붙이고 방송을 통해 개를 키우지 말아 달라고 해도 개 키우는 집은 줄어들지 않는다. 우리 아파트도 한 달에 한두 번은 짖어 대는 개 때문에 온 주민들이 다 잠을 설치는 사단이 벌어진다. 그렇잖아도 늙어 가면서 잠이 없어지는 판국에 그런 날은 꼬박 날밤을 새운다. 그러자 사실인지 아닌지는 모르지만 개도 사랑할 줄 모르는 '개 같은 놈들' 이라고 욕을 하면서 동물병원에 가서 짖어도 소리를 못 내도록 성대 수술을 한다는 것이다. 동물 학대의 극치다.

그뿐인가. 더욱더 실소할 일은 개 생일 파티를 한다는 것이다. 개 생일날 어미 개까지 불러 놓고 풍선 매달고 케이크를 자르고 폭죽 터뜨리며 '해피 버스데이' 노래까지 합창을 한다는 데는 아연할 수밖에 없다. 강남의 잘난 개 팔자가 대한민국의 어지간한 중산층 팔자보다 낫다.

소득은 높아졌지만 인간과의 소통 부재에서 오는 것이리라. 날 저물면 다들 떠나 버리고 어떤 때는 혼자라는 게 너무너무 힘들어서 개라도 키워 보는 것이리라. 외로움이 가져다 주는 풍속도일 것이다.

어느 시인이 그랬다. 외로우니까 사람이라고. 그 외로움을 개에게나마 의존해 보고자 하는 도시인의 그 고적한 그 심정을 자못 이해 못하는 바는 아니다. 그러나 개보다는 사람이 우선이다. 이웃 간의 배려와 예의가 있은 다음에 취미생활이다.

연말 불우이웃돕기에 땡전 한 푼 내놓을 줄 모르면서도 개에게 옷 사 입히고 털 깎이고 치장하는 데는 아까운 줄 모르고 쓰는 이런 풍습이 과연 바람직한 것인가는 한 번쯤 생각해 봐야 할 것이다.

개는 개답게, 사람은 사람답게 사는 게 정상이다. 서로를 배려하고 사랑을 나누어도 온기가 부족한 이 세상에 저마다 개를 끌어안고 있으니 휴머니즘이란 말 대신 도기즘(dogism?)이란 말이 더 어울리는 세상이 아닐까. 참 개 같은 세상이다.

"우리, 잠 좀 잡시다."

권태

설핏 소파에서 잠이 들었다. 한 시간 정도 잤을까? 너무 고요하여 잠이 깼다. 아내도 식탁에 앉아 신문을 보다 그대로 고개를 숙이고 꾸벅꾸벅 졸고 있었다. 고요했다. 잡음 하나 들리지 않았다. 나 역시 멍한 표정으로 의미 없이 한동안을 그렇게 앉아 있었다. 너무 고요하여 귓속에서 윙윙 바람 소리가 났다.

벌써 며칠째다. 장모가 갑자기 호흡곤란을 일으켜 병원 응급실로 실려 간 후 우리는 이렇게 앉아 전화를 기다렸다. 몇 번 면회를 갔지만 의미가 없었다. 의식불명상태라 얼굴이나 보고 돌아오는 정도였다. 그 이후 아내와 나는 연락 오기를 기다리며 응접실에서 서성거렸고 밤 12시까지 연락이 없으면 그제야 자리를 펴고 잠자리에 들었다.

나는 일어나 창문을 열었다. 쏴 하고 소음이 밀려왔다. 아내가 깜짝 놀라 눈을 뜨고 입가에 흘린 침을 닦으며 나를 쳐다본다. 나

는 아무 일도 아니라는 표정을 짓자 다시 고개를 늘어뜨리고 잠을 잔다. 누구 하나 문을 두드리지도, 초인종을 누르는 일도 없다. 때 되면 꾸역꾸역 밥을 밀어 넣고 습관적으로 뉴스를 보고 잘 자라는 말도 없이 각자 방으로 들어가 잤다.

그러다 전화가 오면 화들짝 놀라 아내가 전화를 받고 나는 긴장된 모습으로 쳐다본다. 병원에서 오는 전화는 대개가 간단하다. 지금까지는 별 이상이 없습니다. 혈압이 조금 떨어지긴 했지만 위험할 정도는 아닙니다. 등의 전화이거나 처남에게서 오는 경과 보고 등이다. 몇 마디 물어보고는 서로 할 말이 없다.

간간히 적막을 깨뜨리는 건 아파트 관리실에서 하는 방송이다. 동 대표를 뽑는데 주민들의 참여가 저조하다며 수시로 방송을 한다. 그때마다 우리는 화들짝 놀란다. 그리고는 별일도 아닌 걸로 호들갑을 떠는 방송이 못마땅해 혀를 끌끌 차면서 보던 TV를 의미 없이 바라보거나 새로운 프로를 찾아 채널을 돌려 보기도 한다. 그리고는 이내 침묵에 빠진다.

갑자기 초인종 소리가 났다. 아내가 놀라 얼른 "누구세요." 하고 일어나 현관으로 갔다. 문 앞에서 서서 다시 "누구세요." 하고 묻는다. 문밖에서 누군가가 웅얼웅얼거린다. 아내는 문을 삐죽이 열고 다시 묻는다. "관리 사무실에서 왔는데요. 동 대표 투표를 아무도 하지 않아서 제가 직접 방문했습니다." "꼭 투표해야 하나요. 난, 누구 나왔는지도 모르는데요?" "한 사람만 나왔습니다." "그렇다면 구태여 투표할 필요가 없잖아요." "글쎄요, 저도

시키니까 하는 겁니다." 아내는 못마땅하다는 듯 얼굴을 찡그리며 사인을 해 주었다.

"별일이야, 아무나 하면 어때." 하고는 아내는 별 의미 없이 다시 신문을 뒤적이고, 나는 보던 TV에 눈길을 주지만 시선은 허공을 헤맨다. 마치 진공관 속의 해면체처럼 시간은 더디게, 더디게 움직인다. 5시가 가까워 오자 우리는 눈을 맞추고 일어났다.

어린이 집에서 손녀를 데리고 와야 하기 때문이다. 손녀는 우리의 권태를 단번에 깨뜨린다. 끊임없이 쫑알쫑알거리며 어린이 집에서 있었던 일을 일러바치고 우리를 마트로 빵집으로 데리고 다니며 저 먹고 싶고 가지고 싶은 걸 골라 집으로 온다. 그러고는 카드놀이를 하고 만화 TV에 열중한다. 손녀와 놀아 주느라 한동안은 정신이 없다. 그러다 다시 전화벨이 울린다. 유난히 벨소리가 크다. 우리는 하던 일을 멈추고 긴장을 한다. 그러고는 조심스럽게 전화를 받는다. 아내의 목소리에 울음기가 묻어난다.

"그렇게 가는구나. 기어이 그렇게 가고 마는구나."

목이 멘다. 내가 물었다.

"위독하데?"

"응, ……준비하래."

"가 봐야지?"

"동생이 연락 준데, 기다리래."

그러고는 훌쩍거리며 방으로 들어간다. 아마 방에서 한바탕 울음보를 터뜨릴 것이다. 나는 소파에 다시 앉았다. 손녀는 만화

TV에 정신이 팔려 있는 중에도 무언가 이상했는지 나를 쳐다본다. 나는 손녀에게 말을 건넨다.

"재미있어?"

손녀는 대답 대신 묻는다.

"할머니, 울어?"

"응."

"왜?"

"증조할머니가 하늘나라에 가신데."

"왜? 가신데?"

"거기서 할 일이 있나 봐."

"응, 그런데 할머니가 왜 울어?"

"빠이빠이 해야 하니까……."

"응, 그렇구나."

그리고는 다시 놀이에 빠진다.

밤늦게까지 연락이 없었다. 손녀를 재우고 12시까지 보지도 않는 TV를 켜놓고 마루에 앉아 있었다. 아내가 초조했는지 연락을 해 보았다.

"잡시다, 오늘은 별일 없을 거래요."

우리는 각자 방으로 들어갔다.

이튿날 아침에 전화가 왔다. 운명하셨단다. 중환자실에 들어간 지 20일 만이다. 우리는 서둘러 손녀를 어린이 집에 보내고 병원으로 달려갔다.

장모는 애살스러워 이렇고 저렇고 참견도 많았고 걱정도 많았다. 망자(亡者)는 굳게 입을 다물고 있었지만 곧 일어나 무언가 참견을 할 것 같아 보였다. 그러함에도 얼굴은 그렇게 편안해 보일 수가 없었다. 죽으면 말이 없구나.

쓸쓸해졌다. 한 줌의 재로 화한 망자의 납골함을 안고서도 소멸을 생각했다. 태우면 없어지는구나. 모든 것은 태우면 재로 변하는구나. 욕망도 집착도 이렇게 한 줌의 재로 변하는구나.

슬프기보다는 허무해서 눈물이 났다. 한 사람은 이렇게 가는데 우리는 배가 고파 밥을 먹고 잠도 잤다. 그러고 멀쩡한 얼굴로 장례를 치르고 수고했다고 등 두드리고 각자 집으로 돌아왔다. 세상은 아무것도 변한 게 없었다.

건망증과 치매

TV를 보다 갑자기 심각해졌다. 배우 이름이 떠오르지 않는다. 입안에 뱅뱅 도는데…… 김○○뭔데…… 한국에서 내로라하는 탤런트이며 너무나 유명한 여배운데, 누구지 영 이름이 생각나지 않는다. 내 프로에 주인공까지 했는데…….

그 배우 이름을 생각하느라 내용은 눈에 들어오지도 않았다. 한 30분을 그렇게 낑낑거렸을까. 나는 일어나 부엌에 가서 찬물 한 그릇을 마시고 무심코 돌아서는데 섬광처럼 생각이 났다. 아! 그래, 김영애다.

참으로 어처구니없는 일이었다. 그녀는 내 특집 프로에 주인공까지 했고 나와는 상당히 각별하게 지냈는데도 그녀의 이름이 생각나지 않는 것이다. 아니 그렇지 않다 하더라도 대한민국에서 탤런트 김영애를 모르는 사람이 있을까?

언제부터인가 깜박깜박하는 일이 잦아졌다. 강의를 하다가도

갑자기 꽉 막힌다. 〈인디애나 존스〉, 〈ET〉 운운하다가도 막상 감독 이름이 생각나지 않는다. 평소에는 거침없이 호명하던 그 유명한 스필버그 감독의 이름이 생각나지 않다니! 강의를 하면서도 끊임없이 머리를 굴린다. 이름이 뭐지, 이름이 'S'로 시작하는데 하면서 말이다.

이는 비록 나뿐이 아닌 것 같았다. 대부분 내 또래들에게 공통적으로 나타나는 현상이기도 하다. 평소에 연락이 없던 친구 하나가 나한테 전화를 걸어왔다.

"야! 내가 어제저녁 막 잠이 들려고 하는데 갑자기 머릿속에 멜로디가 하나가 떠오르는데 말이야. 아무리 생각을 해 봐도 그 제목이 영 생각나지 않는기라. 모차르트 같기도 하고 쇼팽 같기도 한데 아닌 것 같고, 슈만의 〈트로이메라이〉도 아니고…… 나 어젯밤에 그거 생각하느라 잠을 설쳤다. 그래도 나보다 클래식을 많이 아니까 무슨 곡인지 가르쳐다오."

"그래 어디 한번 읊어 봐라."

그는 곡조를 읊어 댔다. 나는 순간 터지는 웃음을 참을 수가 없었다.

"야 임마! 그걸 질문이라고 하니, 이 미친놈아!"

"야! 왜 그러느냐 응. 나도 미치겠다. 내 머리가 왜 이리 뽕꾸라가 됐나?"

나는 터지는 웃음을 도저히 참을 수가 없었다. 그는 민망한 듯 다시 물었다.

"차이코프스키냐?"

나는 계속 낄낄거릴 수밖에 없었다.

"쇼팽이구나, 그렇지 쇼팽이지!"

나는 찔끔찔끔 눈물이 나도록 웃었다.

그가 드디어 화를 냈다.

"야 임마! 웃지만 말고 말을 해 봐."

나는 목소리를 가다듬고 점잖게 말했다.

"그거 CM송이다."

"뭐! CM송!"

"그래, CM송!"

전화기 저쪽에서 한동안 말이 없더니 갑자기

"풋하하. 내가 미친놈이다, 내가!"

그러면서 이번에는 제가 계속 낄낄대는 거였다. 우리는 전화기를 끌어안고 한참을 그렇게 웃어 젖혔다.

그 음악은 차이코프스키도 쇼팽도 아닌, 1970~80년대 유행하던 CM송이었다. '맛을 봐야 맛을 아는 샘표간장' 운운하는 노래 말이다.

평소에 많이 듣고 즐겨 듣던 멜로디도 어떤 때는 제목이 생각이 나지 않는 경우가 다반사다. 익숙하게 듣던 멜로디는 익숙하다는 것 때문에 어느 한순간에 착각을 일으킬 수가 있다. 유행가 가락도 머릿속에 뱅뱅 돌면서 제목이 생각나지 않다가 아주 엉뚱한 방향으로 생각이 미치는 경우가 그렇다. CM송이 차이코프스키,

모차르트, 쇼팽으로 변한 것이다. 단순하게 생각한 것이 아니라 심각하게 생각한 결과이기도 하다.

나이가 들면서 건망증이 생긴 것이다. 이 건망증이 심해지면 치매로 발전한다. 치매로 발전하는 몇 단계가 있다.

첫 단계는 화장실에 들어갔다 나오면서 바지 지퍼를 올리지 않고 나오는 것은 단순 건망증이다. 그런데 물건을 간직하지도 않고 지퍼를 올리면 좀 심각한 수준이 된다. 물건도 간수하지도 않고 지퍼도 올리지 않으면 중증이다. 그러다가 지퍼도 내리지 않고 물건도 내놓지 않고 볼일을 본다면 이건 치매의 경지다.

여자들의 경우는 핸드폰이나 TV 리모컨 같은 걸 냉장고에 넣어 놓고는 온 집안을 발칵 뒤집어 놓는다든지 하는 경우는 그래도 애교 있는 건망증 수준이다. 그러다가 자식들의 이름도 깜박깜박한다. 약속 시간 잊는 건 대수고 부엌에 가스 불 켜 놓고 시장 간다든지 하는 수준은 위험천만이다. 그러다 치매가 어느 날 갑자기 온다.

요즈음은 디지털 치매라는 것이 있다. 전화번호도 핸드폰이 다 저장해 주니까 외울 필요가 없다. 그래서 핸드폰을 잃어버리면 전화번호가 깡그리 다 날아간다. 백치 수준이 되고 만다.

가끔가다 누가 자기 집 전화번호를 물으면 얼른 떠오르지 않아 머뭇거리는 사람들을 많이 본다. 노래방에 가서도 노랫말이 화면에 다 뜨니까 외울 필요가 없다. 그래서 생(生)으로 노래 부르면 일절도 못 부르고 도중하차하고 마는 경우를 많이 본다. 이러다

가 멀지 않아 수학 같은 학문도 계산기로 푸는 시대가 오지 않는
다고 장담하지 못하리라.

　문명의 발달은 사람들을 편리하게는 만들지만 깊이 생각하는
걸 기피하게 만드는 경향이 있다. 사람들은 나이가 들면 누구나
기억이 희미해지면서 과거를 잊어버리거나 멀쩡하게 아는 것도
생각이 잘 떠오르지 않는다. 문명이 이를 더 부채질하는 것 같다.

　돌아가신 노 시인은 우리나라 산 이름을 다 외우면서 생각을 단
련했다는데 현대인은 머리를 써서 외우는 것을 굳이 기피하면서
편리한 것만을 추구하다 보니 노화가 빨리 오는 것이 아닐까 하
는 생각도 해 본다.

국화빵을 아시나요?

맨 먼저 시작한 것은 L이었다. 그 시절은 무쇠라도 소화시킬 수 있는 왕성한 식욕을 자랑하던 우리였기에 항상 배가 고팠었다. 집이 그런대로 아쉬운 것 없이 사는데도 늘 궁상을 떨며 인색하던 그가 빵을 사겠다는 제의에 우리는 긴가민가했다.

수업을 마치고 우리는 으레 그러하듯 화장실 뒷간에서 담배를 한 대 꼬나물고 이런저런 모의를 하고 있는데 그가 그런 제의를 한 것이었다. 아이고, 웬 떡인가 싶어 우리는 그를 미심쩍은 듯 쳐다봤다. 그는 아주 태연히 고개를 끄덕이며 그동안 얻어먹기만 해서 미안하다며 "뭐, 나라고 너희들한테 빵 한 번 못 사겠느냐." 며 아주 당당하게 말했다.

실은 나도 돈이 항상 없었기에 늘 얻어먹고 다니는 처지였고 주로 빵은 S가 사거나 아니면 좀 잘 사는 친구들—그에게는 부유하게 사는 친구들이 많았다—에게 우리를 끌고 다니며 빵을 얻

어먹이곤 했다. 우리는 그의 뒤통수를 번갈아 쳐대며 "자식 철들었어!" 하며 그를 격려했다. 우리의 머릿속에서는 금방 구운 따끈따끈한 빵 위에 하얀 설탕가루가 뿌려져 나오는 국화빵이 연상되며 금방 입안에 군침이 돌았다.

그가 앞장서고 우리는 당당하게 빵집으로 들어가 국화빵 한 접시를 시켰다. 한 접시를 게 눈 감추듯 먹어 치운 우리는 접시에 남은 설탕까지 핥아먹는데 L이 그랬다.

"아, 너들 배가 많이 고픈 모양이구나, 한 접시 더 먹자."

하, 별일도 다 있다며 우리는 얼른 합창을 했다.

"좋지."

그래서 우리는 두 번째 나온 국화빵을 정신없이 먹고 있는데 그가 갑자기 일어서더니

"나, 간다."

하고는 번개같이 문을 열고 뛰어나가는 것이었다. 우리는 국화빵을 입에 물고는 이게 무슨 조화인가 싶어 멀뚱히 쳐다보다 뒤늦게 상황을 알아차리고 두 놈이 동시에 문을 박차고 나갔으나 문 쪽으로 앉은 내가 조금 더 빨랐다. S는 꼼짝없이 주인에게 덜미가 잡혀 빵값 대신 책을 맡기고 나왔다.

'따라지'였다면 어림없는 일이었다. 사복을 입어도 반드시 모자는 꼭 쓰고 다닌 것도 그런 '명문'의 자부심이 있었기 때문이고 사람들도 우리들의 경미한 일탈 정도는 '머리 좋은 놈들이 어쩌다 벌이는 장난' 정도로 너그럽게 이해해 주는 분위기였다. 요

즘으로 말하자면 무전취식을 하다가 걸렸는데도 불구하고 그렇게 해결할 수 있었던 것은 그런 이유 때문이었다.

그 후 우리는 수시로 그와 같은 놀이를 했다. 잊을 만하면 누가 저질러도 그와 같은 일을 벌였다. 그래서 빵집에 가서도 의자에 앉지도 못하고 언제든지 도망칠 자세로 한 개라도 더 먹으려고 갓 나온 빵에 침까지 퉤퉤 뱉었으며 그러거나 말거나 우리는 한 볼때기 가뜩 밀어 넣고는 그대로 총알처럼 문을 박차고 뛰어나오곤 했다. 영화 〈친구〉에서 책가방을 옆구리에 끼고 죽을 둥 살 둥 뛰는 그 모습 그대로였다. 그러다 보니 자연히 빵도 제대로 못 먹고 소란만 요란한 형세가 되고 말았으며 또 너나없이 한 번씩 다 당하고 나서야 비로소 우리는 휴전협정을 맺었다.

그러함에도 불구하고 우리는 이 치사한 놀이를 주도한 L에 대한 원한을 잊을 수가 없었다. S와 나는 보다 수준 높은 복수를 준비했다. L에게는 그때 벌써 죽어라고 쫓아다니는 여학생이 있었다. 한참 공부해야 할 나이에 여학생 뒤꽁무니를 따라다니는 놈들은 보나마나 불량 학생임이 뻔한 만큼 그 여학생이 싶게 응할 리가 없었다. 그러나 당사자인 그는 그 일로 상당히 심각한 고민을 하고 있는 듯했다.

우리는 우선 연애편지 한 통을 조작했다. 장시간에 걸쳐 여학생의 글씨를 흉내 낸 편지를 그의 집으로 부쳤다. '○○씨, 우리 만나서 이야기합시다.'로 시작되는 그 편지는 모월 모일 모시에 꽃다발을 들고 삼덕우체국 앞에서 기다리라는 내용이었다. 그의 입

은 찢어졌다. 만나기로 한 그날 우리는 아무것도 모르는 척 그에게 빵 먹으러 가자고 유혹을 했다. 그러나 그는 집에 일찍 들어가야 할 일이 있다며 단호하게 거절했다. 우리는 선생님처럼 근엄하게 충고를 했다.

"인마, 제일 나쁜 놈이 뭔 줄 아니! 거짓말 하는 놈이야."

그러자 그는 거짓말 아니라고 펄쩍 뛰는 것이었다. S가 그랬다.

"그러면 할 수 없지 뭐, 돈이 좀 생겨서 빵 좀 사 주려고 했는데 우리끼리 먹어야지 뭐."

그러자 그는 몹시 아쉬워하는 눈치가 역력했지만 우리는 그가 보는 앞에서 유유히 빵집으로 들어갔다.

적당히 배를 채운 우리들이 약간 이른 시간에 삼덕우체국 정문이 잘 보이는 자리에 진을 친 수십 분 후, 꽃다발을 든 그가 싱글벙글하며 나타났다. 초반에는 유리에 비친 자신의 모습을 보고 수시로 옷맵시도 고치고 멀리서 여학생이 보이기만 해도 바짝 긴장하여 부동자세를 취하던 그가 1시간 정도가 지나고 어둑어둑해지자 목을 빼 길거리를 이리저리 둘러보면서 초조한 기색을 여실히 드러내기 시작했다.

우리는 거기까지만 보고 철수를 했다. 이튿날 그는 그렇게 처절하게 바람을 맞고서도 천연덕스럽게 아무 일도 없는 듯 멀쩡한 표정을 짓는 능숙한 연기력을 발휘하기도 했다. 그러나 콧구멍만 한 도시였기에 그가 꽃다발을 들고 우체국 앞에서 누군가를 기다리는 모습을 본 친구들이 꽤 많았다. 그가 틀림없이 그 여학생을

기다렸을 거라는 소문은 순식간에 퍼졌고 그로 인해 그 여학생은 '그의 여자' 로 기정사실화되어 버렸다. 한참 후에야 그는 우리에게 속은 것을 알았다.

그 후 그가 사생결단을 하고 그녀의 다리를 걸어 넘어뜨렸는지, 아니면 그녀가 먼저 옆구리를 꾹꾹 찔렀는지 아는 바 없지만 그는 그녀와 결혼까지 했다. 그녀는 결혼 후에 여성 사업가로 성공을 했고 또 그를 극진히 섬겨 친구들 사이에 가장 결혼 잘한 놈으로 부러움을 샀다.

지금도 그 달콤한 국화빵을 생각하면 입에 침이 가득 고이며 책가방을 옆구리에 끼고 죽어라고 뛰던 그 시절의 골목길이 눈에 선하다.

내 삶이 쓸쓸한 이유

붉은 노을이 쓰러져 간다. 산기슭이 어둠에 잠기면서 한 무리의 새 떼들이 둥지를 찾아 난다. 벌판 저쪽으로 안개가 자욱이 피어오르면서 골짜기를 덮는다. 보랏빛 어둠살이 어둑어둑해지는 가운데 마을 길만은 마치 비단을 깔아 놓은 것처럼 새하얗다. 그 길을 걸어 누군가가 올 것 같다. 창가에 서서 내다보지만 아무도 오지 않는다. 나는 이런 시간을 가장 못 견뎌 한다. 내 스스로 자초한 선택이지만 외롭다는 생각을 떨쳐 버릴 수가 없다. 무슨 대단한 일을 한다고 이렇게 떠나 있어야 하는지 비감에 젖는다.

적막하구나. 왜 이렇게 살아야 하는가를 생각해 본다. 사람들은 무슨 재미로 살까도 생각해 본다. 몸 안의 물기는 다 말라서 수시로 목욕을 하지 않으면 살갗의 비듬이 부서져 흩어지고 입에서는 고약한 냄새가 난다. 먹고 싶은 음식도, 탐나는 물건이 있는 것도 아니다.

젊었을 때 그렇게 마셔 대던 술도 이제는 받아 주지가 않는다. 그저 반주로 한두 잔이면 끝이다. 나는 젊었을 때 촬영 갔다 돌아오면 제일 먼저 먹고 싶었던 것이 삼겹살에 소주 한잔이었다. 그런데 이제는 그 삼겹살도 맛이 없다.

그렇다고 누가 숨넘어가는 소리로 찾는 일도 없다. 가끔가다 그저 어울릴 기회가 되면 어울려 술을 먹는 모임이 없는 것은 아니지만 그 전처럼 열정적이지도 않고 그저 시들한 이야기나 몇 마디 나누다가 9시 뉴스 전에 헤어진다. 하루 종일 전화 한 번 울리지 않아 혹시 배터리가 나갔는가 싶어 폴더를 열어 보면 마지막 전화가 걸려 온 게 일주 전쯤이 보통이다.

이렇게 살아야 하는가? 많은 사람들이 오래 살려고 한다. 무엇 때문에 오래 살려고 할까. 혹시나 하는 희망 때문이 아닐까 생각한다. 내일 아침에 눈을 뜨면 필경 무슨 좋은 일이 있지 않을까? 하는 그런 희망 때문이 아닐까. 그래 그런 희망을 나도 한번 가져 보자고 다짐을 하지만 하루도 못 가서 절망한다.

희망이 없다. 이미 우리 시대는 갔다. 텔레비전을 봐도 이제는 모르는 노래가 태반이고 드라마도 젊은이들의 유치한 장난으로밖에 보이지 않는다. 돈도 없고 재미도 없다. 그래도 돈이라도 풍족하면 재미있는 것들을 만들면 되지 않을까 싶어 복권이라도 몇 장 사 보지만 가당치도 않은 이야기다.

몇 년을 기다려도 드라마 연출하자는 제의는 없고 글 청탁은 오지만 고료는 없다. 고료도 주지 않는 원고를 넘기면서 이래도 되

는가? 하는 물음을 수도 없이 해 보지만 그런 청탁마저 끊어지면 또 외로움을 탄다.

아내 말대로 선비도 아니면서 선비인 척하고, 작가도 아니면서 작가인 척하는 나는 사이비인가? 풍토를 탓하기에 앞서 좋은 글만 쓰면 된다고 위로하지만 어쩌다 글이 풀리지 않아 날밤을 새운 날 맞는 여명은 나를 눈물겹게 한다. 며칠을 두고 나의 천학비재(淺學菲才)를 탓하며 자학한다. 글이라도 잘 풀리면 좋으련만……

나이 65세가 넘으니까 그나마 있던 대학 강의도 뚝 끊어졌다. 무엇 때문에 사는가? 하루에도 수도 없이 되묻는다.

사람들이 살아야 하는 이유 중의 또 다른 하나가 미련일 것이다. 나도 지금 죽는다고 생각하고 무슨 미련이 남을까를 생각해 봤다. 아무런 미련이 없다. 7년을 기다려 나는 이 시골집으로 이사를 왔다. 내가 그토록 바라던 바다. 그것은 내 삶의 마지막 소원이었다. 더 이상 내가 바라는 것이 있을 수 없다. 그러니 미련이 있을 수가 없다. 그런데 바라는 것이 이루어져서인지 몰라도 나는 지금 허탈하다. 혼자서 책 읽고, 음악 듣고, 글 쓰고 하다가 문득 내가 왜 여기 이렇게 외롭게 혼자 있는가? 하는 의문이 생기면서 가슴에 찬바람이 인다.

재롱이 한참인 손주가 보고 싶고 마누라가 차려 준 밥이 먹고 싶어진다. 전화를 걸어 손주와 통화를 시도해 보지만 그새 떨어져 있었다고 그전처럼 반색하지 않는다. 그 시간이 보통 어둠살

이 퍼지는 저녁이라 괜히 섭섭해진다. 순간 외롭다는 생각이 들면서 저녁에 혼자 술잔을 기울이며 비감에 젖곤 한다.

그러면 서울에서 마누라와 같이 살면 이 적막함이 없어질까? 여기 있으나 서울 있으나 쓸쓸하긴 매일반이다. 자식들 출가하고 두 늙은이만 남으니까 웃을 일도, 화낼 일도 별로 없다. 가끔가다 자식들 때문에 섭섭한 마음이 들 때도 있지만 그것도 그냥 체념하기가 일쑤다.

토요일이나 일요일 같은 날, 어디 외식이라도 할라치면 두 늙은이만 달랑 가서 밥 먹기가 영 마땅치가 않다. 대충대충 차려 먹으려니 밥맛이 있을 리 없다. 그렇다고 무슨 슬픈 일이 있는 것은 아니다. 분노할 일도 없다. 웃을 일이란 더더욱 없다. 그래도 마누라는 한 아파트에서 오래 살다 보니 친구들이 많다. 그들과 취미생활도 하고 지금은 스포츠 댄스를 배우러 다닌다.

서울 집에 있어도 나는 하루 종일 혼자 있기가 일쑤다. 밥 때가 되어 잠깐 들어와 밥 차려 주고는 금방 나가거나 아니면 밥 차려 놓고는 알아서 먹으라고 하고는 나간다. 마누라와 있어도 하루 종일 말 한마디 나누지 않는 날이 더 많다. 저녁때 어린이 집에 갔던 손주가 돌아오면 그놈 붙잡고 논다. 그게 낙이라면 유일한 낙이다. 어쩌다 아들 내외가 휴가를 내어 손주 데리고 며칠 놀러 가 버리면 집안은 침묵에 빠진다.

보는 TV프로가 다르니 마누라는 안방에서, 나는 마루에서 각각 다른 프로를 보다가 잘 자라는 인사도 없이 각방에서 잔다. 적막

강산이라는 말이 실감났다. 이렇게 살면 안 되지, 무언가 해야지 하면서 이 시골로 온 것이다. 그런데 외로움이, 또 다른 외로움이 사람을 못 견디게 한다. 어찌해야 하는가.

일이 없으니 사람과 부대끼지 않아서 좋을지 몰라도 사람과 교류가 끊어지니 외롭고, 욕망이 없으니 원하는 것이 없다. 원하는 것이 없으니 재미가 없다. 살만큼 살았으니 무슨 희망이 있겠는가. 그래서 노년의 삶은 적막하다. 다 타 버리고 싸늘하게 식어 버린 잿더미 같다. 내가 이 시골에 와서도 삶이 쓸쓸한 이유일 것이다.

그리움은
한이 되고
노래가 되고…

해인(海印)의 달

한 여자가 울고 있었다. 냉기가 뼛골까지 스며드는 대웅전 바닥에 엎드려 여자는 어깨를 들썩거리며 울고 있었다. 무슨 사연일까. 속세의 근심이 얼마나 깊었으면 눈 오는 이 겨울날, 차가운 바닥에 얼굴을 대고 저리도 울고 있을까?

남한산성 입구에 자리 잡은 이 절은 평소 사람의 왕래가 많은데도 불구하고 오늘따라 적막강산이다. 바람이 불 때마다 풍경 소리만 청명하다. 선방 앞에 나란히 놓인 흰 고무신만이 스님의 고행을 말해 준다. 스님은 이 적막한 아침에 무슨 화두를 안고 고뇌하고 있을까. 저 중생의 아픔을 아시는가.

지난겨울 눈이 많이 왔다. 하루 건너 한 번씩 내렸다. 도로가 끊어지고 시골 비닐하우스가 무너졌다. 영동 산간은 고립되었고 산짐승들의 먹이를 헬리콥터로 공급해 주어야 했다. 창밖으로 내리는 눈을 바라본다. 그렇게 눈이 퍼붓는데도 불구하고 내 전화는

지금 일주일째 울리지 않는다.

눈 오는 날, 보고 싶은 사람이 없고 만나고 싶은 사람이 없으면 그는 아주 강한 사람이거나 냉정한 사람일 것이다. 눈 오는 날 전화 한 통도 없다면 그는 늙은 사람이거나 잊혀진 사람일 것이다. 그렇지 않으면 평생을 사랑다운 사랑을 한 번도 해 본 일이 없는 삭막한 사람일 것이다. 이렇게 눈이 많이 내리는 날은 누구를 사랑한 일도, 누구와 헤어져 본 일도 없이 오로지 아내와 자식만을 위해 살아온 사람일지라도 뒷짐을 지고 공연히 거실을 어슬렁거리며 소심하고 멋대가리 없이 살아온 자신의 삶을 한 번 정도는 되새김해 보리라.

지난겨울 나는 밤마다 잠을 설쳤다. 2시간 간격으로 깼다. 한밤중 멍하니 TV 앞에 앉아 있다가 다시 잠들곤 했다. 그때마다 어지러운 꿈이 나의 잠을 불편하게 했다. 소리도 없이 떨어지는 눈송이건만 잠결에는 어찌 그리 크게 들리는가. 사각사각 끊임없이 내리는 눈 소리를 들으면서 중얼거린다.

'아! 많이도 오는구나.'

반쯤 가사상태에서 겨울밤을 보냈다.

눈 덮인 산이 보고 싶었다. 평소에는 그렇게 많던 등산객들도 오늘은 보이지 않았다. 나는 사무실을 나섰다. 몇 발자국만 걸으면 바로 남한산성 입구다. 부처님께 합장 인사나 드릴 양으로 들렀다가 한 여자의 깊은 슬픔을 보았다. 내 안에 삭아 내리는, 내 뼈와 살이 녹아내리는 슬픔이 아니건만 우울했다.

슬픔이 옮겨 온다. 고뇌 없는 살이(生)는 없는 걸까. 이 중생들의 고뇌를 해결해 주려 부처님은 집을 나와 숱한 고행을 했건만 수천 년이 지나도 중생들은 오늘도 이렇게 당신에게 빌고 있다.

'부처여! 내 안의 고뇌를, 이 절절한 중생의 슬픔을 당신의 자비로써 다스려 주소서.'

절을 나왔다. 나무들은 잔뜩 눈을 이고 서 있고 눈에 덮여 어느 곳이 길인지가 분간이 되지 않았고 무릎까지 파묻혔다. 어디서 우두둑 우듬지 부러지는 소리가 났고 이어 우수수 눈 쏟아지는 소리가 들렸다. 까치가 화답을 한다. 그때마다 산이 한 번씩 몸부림친다. 나무를 올려다본다. 여항(閭巷)에서 일희일비하며 사는 내가 저 꼿꼿하고 의연하게 서 있는 나무를 닮을 수는 없겠지만 오늘따라 저 겨울나무가 위대해 보인다.

젊었을 때는 꽃이 참 아름답다고 생각했다. 그러다 나이가 들면서 우렁우렁 가지를 하늘로 키워 내는 나뭇잎들이 그렇게 눈부셔 보였다. 초록의 찬란함도 내게는 위안이었다. 그런데 무거운 그 모든 것들을 다 떨어내고 묵묵히 눈을 맞으며 서 있는 저 겨울나무의 인내가 눈물겹다. 잊어버리라고, 그리고 빈 몸으로 가뿐하게 추운 겨울을 맞는 것도 귀로(歸路)의 아름다움이라고 가르친다. 그래서 겨울나무는 해탈이다. 대웅전 바닥에 엎드려 울던 그 여자의 슬픔도, 늘 내 앞 서너 발자국 정도 앞서 가는 내 안의 욕망도, 그 모든 것을 떨쳐 내고 비워 내는 것이야말로 아름다움이라고 나무는 말한다.

결국은 하나일 것이다. 하늘의 달은 둥근데 바다의 비친 달은 일그러져 보인다. 어느 것이 본질인가. 그래 잊자. 한 생각만 놓아 버리면 온 바다의 파도가 다 조용해진다. 전생의 업(業)을 타고 날지라도 이승에서도 반드시 치러야 할 업이 있고 그것을 다 하지 못한다면 아무리 죽으려 해도 죽지 못할 것이다. 업을 다 했기에 이승을 홀가분하게 떠나는 것이리라.

눈이 온다고 떠나 버린 옛사랑을 다시 추억하는 것도 부질없는 짓일 것이다. 같은 둥지에서 자던 새들도(衆鳥同枝宿) 날 밝으면 각자 날아가거늘(天明各自飛) 우리들 인생, 또한 그와 같지 않는가(人生亦如此). 무엇 때문에 옷깃 적시며 눈물 흘리는가(何必淚霑衣)?*

차가운 바닥에 엎드려 울던 중생이여! 하늘의 달을 보고, 눈 오면 잠 못 이루는 그대들이여, 날아가는 새들을 보아라. 그리고 벌거벗고 서 있는 저 겨울나무들을 보아라.

그날 나는 아주 깊은 잠을 오래오래 잤다.

---

* 이수광(李睟光)의 〈지붕유설(芝峰類說)〉에서 인용.

바흐친의 크로노토프, 수필의 시공과 등장인물의 선택

—박양근(부경대 교수·문학평론가)

문학이 역사의 기록이라면 수필은 개인의 기록이다. 문학이든 수필이든 현실에서 일어나는 사건을 기록하는 역할을 무시하고서는 한 걸음도 예술성으로 나아갈 수 없다. 그런데 인간의 행위는 자신의 의지나 감정에 의해서만 결정되지 않는다. 예상하지 못한 우연이나 타자의 간섭이라는 환경요인에 의하여 지배받고 전복되기도 한다. 인간의 행위가 제도나 관습에서 벗어날 수 없음은 이를 두고 하는 말이다.

인간의 행위를 결정짓는 가장 중요한 외적 요인은 시간과 공간이다. 시공은 현실에서든 허구 세계에서든 당사자의 삶을 통제한다. 공간 개념에 대한 서양인의 인식을 살펴보면 철학자 데카르트는 공간을 길이, 넓이, 깊이 등의 기하학적 용어로 설명하고 칸트는 공간을 표상의 개념으로 풀이하고 베르그송은 방위, 점, 선, 면 등으로 분석하였다. 공간과 시간은 인간의 지배소로 작용하면서 공간은 시간에 의존하고, 시간은 공간의 전제 조건이 된다. 동일한 성격과 능력을 지니고 태어나더라도 어떤 시공성에 놓이는가에 따라 인간의 운명이 달라진다. 따라서 작가가 주목해야 하는 점은 시공이 행동에 미치는 영향일 것이다.

현대문학은 시공간을 하나의 복합적인 요소로 간주하고, 시간과

공간의 뒤섞임이 어떤 의미를 만들어 내는지를 파악하려 한다. 그 개념을 크로노토프라고 부른다. 크로노토프는 소련의 문학비평가 미하일 바흐친(Mikhail M. Bakhtin)이 만들어 낸 비평용어이다. 영어로는 Chronotope라고 하며 시간을 뜻하는 Chronos와 장소를 의미하는 topos의 합성어로서 '예술적으로 표현된 시간과 공간이 본질적으로 지니고 있는 연관성'을 뜻하는데 시공간 관념에 따라 사건이나 인물의 이미지가 달라진다는 뜻이다.

크로노토프는 개인적인 삶이건, 작품 전체에 흐르는 사건이건 삶의 형상에 영향을 끼친다. 등장인물들이 활동하는 시공간은 작가가 경험하되 상상을 통해서 체화된 경우가 대부분이다. 그들은 때로는 작가와 일치하는 모습으로, 때로는 변형된 모습으로 현실을 감당하면서 애환을 극복하는 희망을 보여 준다. 그러므로 작중인물들이 어떤 시공간에서 어떠한 행동을 하는가를 살펴보는 것은 중요한 의미를 지닌다.

바흐친은 크로노토프를 생의 의미로 들어가기 위한 문으로 간주한다. 그렇다면 그 문을 통과하지 않고서는 인생과 역사의 영역으로 들어갈 수 없으므로 작가가 작품에 응용한 크로노토프의 유형을 발견하여야 한다. 문제는 수필이다. 수필은 인간이 어떻게 살고 어떻게 생각하는가를 성실하게 적어 내는 일종의 메모랜덤이다. 수필은 실제 인물의 일화와 전기적 사실을 바탕으로 하므로 등장인물과 작가는 유사하거나 부분적으로 일치할 수밖에 없다. 작가는 자신이 성공한 시공과 환경을 바탕으로 등장인물을 창조하므로 작품을 제

대로 이해하려 한다면 작가가 거쳐 온 시공과 작품에 나타난 크로노토프를 비교할 필요가 있다,

크로노토프는 어떤 방식으로든 공간은 관례적인 환경이 아니고 삶을 지속적인 체험의 시간으로 바라본다. 인간이 시공에 어떻게 반응하고 시공이 인간을 어떻게 변화시키는가를 살핀 바흐친은 중요한 유형으로서 플라톤적 시공, 분석적 시공, 가족적 시공, 그리고 활동의 시공으로 구분한다. 사실주의 문학인 수필에서는 크로노토프의 힘이 작가와 작중인물에게 동시에 미친다는 점에서 시 소설과 남다른 양날을 보여 준다. 이런 점을 염두에 두면서 바흐친의 크로노토프가 어떤 유형으로 작품에 구현되는지 살펴본다.

〈해인의 달〉 분석적 시공

허구 속에 주인공은 어떤 작가를 만나는가에 따라 운명이 달라진다. 다음으로 어떤 환경에 놓이는가에 따라 좌우되는데 환경은 도시인가, 농촌인가, 산촌인가로 구분한다. 전지적 시점에서 등장인물의 행동을 설정할 경우, 그의 운명은 작가의 관점에서 좌우되기 마련이다. 이러한 시점에서 작가는 전지전능한 힘을 가지고 사건을 진행시켜 나간다.

작가의 경험을 바탕으로 하는 주인공의 시점은 수필에서도 가능하다. 수필의 시점은 대부분 1인칭 주인공 시점이거나 3인칭 관찰자 시점이 대부분이다. 후자는 사물에 대한 객관적 시점으로서 삶

에 대한 관찰이 중심을 이룬다. 전자는 행동하는 대로 그려 내기보다는 깊은 관조력과 풍부한 지혜로써 독자들이 예감할 수 있는 혜안을 가져다 주기도 한다.

이 때문에 작품은 오직 작가가 처한 환경에 의해서 좌우된다. 작가는 자신이 처한 환경을 등장인물에 투사함으로써 동일한 심리적 환경에 놓이도록 장치한다. 작가의 시간과 작품 속의 시간도 불가분의 관계를 맺는다. 바흐친은 재현된 시간적 공간적 범주에 따라 텍스트의 구분이 달라진다고 하였다. 텍스트가 달라진다 함은 사건의 추이와 작가의 해석이 달라진다는 의미이다.

〈해인의 달〉은 눈 오는 겨울날의 암자를 배경으로 한다. 적막한 겨울 산사는 일상을 초월하는 명상과 자성의 분위기를 제공해 줄 정도로 적막하다. 이런 상황에서는 어떤 것도 예사로 보이지 않는다. 바람에 쓸리는 낙엽이나 추녀 끝의 풍경 소리조차 잠든 의식을 일깨운다. 하물며 '싸늘한 대웅전 바닥에 엎드려 울고 있는 여인' 임에야. 작가의 남다른 감수성도 겨울 산사라는 시공에 의하여 더욱 예민해지면서 대상이 지닌 근원적인 인식소를 탐닉하게 된다.

한 여자가 울고 있었다. 냉기가 뼛골까지 스며드는 대웅전 바닥에 엎드려 여자는 어깨를 들썩거리며 울고 있었다. 무슨 사연일까. 속세의 근심이 얼마나 깊었으면 눈 오는 이 겨울날, 차가운 바닥에 얼굴을 대고 저리도 울고 있을까?

위 글에 설정된 크로노토프는 '눈 오는 겨울날' 이다. 그것에 지배되는 등장인물의 행위는 '차가운 마룻바닥에서 왜 저리도 울고 있을까.' 이다. 작가는 그녀가 왜 우는지 궁금하다. 만일 눈 오는 산사가 아니고 장례식장이라면 사실적 증거는 너무나 명백하여 고뇌를 화두로 삼을 필요가 없다. 장기오는 성격상 눈 오는 겨울이 되면 휘둘린다. 그래서 겨울 산사를 찾은 처지를 '눈 오는 날 보고 싶은 사람이 없고 전화 한 통화 없으면 늙었거나 잊힌 사람' 이라고 여기고 그 여자도 그럴 것이라 짐작한다.

그 여자는 작가가 막연하게 느끼는 고독과 허무를 구체화하는 초자이다. 그는 '내 뼈와 살이 녹아내리는 나의 슬픔' 과 '저 절절한 중생의 슬픔' 을 동일시한다. 자아와 타자의 동일시는 크로노토프에서 중요한 부분을 차지한다. 바흐친은 시간을 구분할 때 '분석적 시간은 삶의 과정을 이야기로 잇는 진행과정' 이라고 하였다. 비시간적으로 재단하고 새롭게 끼워 맞춘 분석적 시간은 주로 소설에서 찾을 수 있다. 마찬가지로 겨울 눈이 내리는 산사의 시간은 비시간적인 나무의 변화로 바뀌어진다. 인간의 시간은 '고뇌의 슬픔' 이라는 화소이지만 나무의 시간은 해탈의 입상으로서 나무의 숭엄미를 강조한다. 이것이 수필에 나타난 분석적 시공의 특징이라고 하겠다.

나이가 들면서 우렁우렁 가지를 하늘로 키워 내는 나뭇잎들이 그렇게 눈부셔 보였다. 초록의 찬란함도 내게는 위안이었다. 그런데 무거운 그 모든 것들을 다 떨어내고 묵묵히 눈을 맞으며 서

있는 저 겨울나무의 인내가 눈물겹다. 잊어버리라고, 그리고 빈 몸으로 가뿐하게 추운 겨울을 맞는 것도 귀로(歸路)의 아름다움 이라고 가르친다.

　장기오가 나무에서 본 것은 인내의 아름다움이다. 겨울이라는 시간 속에 자리한 나무는 번뇌의 나뭇잎을 모두 떨어뜨리고 '곧음' 이라는 속성만으로 우뚝 서 있다. 해가 지날수록 나무는 철인의 고독과 인내의 자세를 굳혀 간다. 반면에 인간은 법당에서 흐느끼는 여인처럼 나이를 먹을수록 번뇌에 빠져든다. 그래서 인간은 추하고 나무는 아름답다. 작가는 삶이 펼쳐지는 시공이 고(苦)의 세계임을 차가운 법당에서 흐느끼는 여인의 뒷모습에서 재인식한다. '눈이 온다고 옛사랑을 다시 추억하는 것은 부질없고 전생의 업은 치러야 한다.' 라는 발견은 불교의 가르침에 접근해 간다.

　이제 원점으로 돌아가기로 한다. 크로노토프의 맹점은 대상의 위치가 작가의 관점에 의하여 수정된다는 점이다. 그녀는 냉기가 뼛골까지 스며드는 법당에서 왜 울고 있는가. 사랑에 좌절하였거나, 사랑하는 사람이 죽었거나, 아니면 울음으로밖에 소망할 수 없는 소원을 지녔을지도 모른다. 그 어느 것도 가능하고 그 어느 것도 가능하지 않다. 그런데 장기오는 하나의 가능성, 즉 업의 소멸과 해탈의 몸짓으로 풀이한다. 왜냐하면 크로노토프는 문학 속에서 찾을 수 있는 내적 구조이지만 작가 자신이 작중인물로 변신하여 만들어 내는 시공이기도 하기 때문이다.

　그렇다면 〈해인의 달〉이라고 제목을 붙인 이유는 흐느끼는 여인을 암시하려는 것이 아니다. 그것보다는 여인과 자신과 나무를 아우를 시공성을 찾으려는 동기가 깔려 있다. '벌거벗고 있는 저 겨울나무'가 그의 이상형이고 해인이다. 해인은 바다 가운데 찍힌 도장 같은 섬을 뜻한다. 우주는 얽혀진 인연의 사슬을 통해 무한의 우주를 탄생시킨다. 나아가 해인은 중생의 몸이 일체 중생의 몸에 들어가는 것을 뜻한다. 이것이 해인의 세계이지만 중생은 알아차리지 못한다. 그 여인을 지켜본 작가는 하늘과 달과 나는 새와 벌거벗은 겨울나무의 인내와 해탈을 보라고 말한다. 시간과 공간이 어떻게 정신적 변화에 영향을 미치는가를 알려 주는 〈해인의 달〉이 표방하는 것은 만물의 연관성 그 자체가 아닐까 싶다.

〈해인의 달〉을 읽고

—변애선(수필가)

타협하고 살아간다는 건 어쩌면 여간해서 다시는 울지 않겠노라
는 자신과의 입을 앙다문 약속 같은 것일지도 모르겠다. 그래서 가
누지 못하고 격하게 울고 있는 사람을 바라보면 부끄럽기까지 하
다. 치열하게 아직도 살아남아 있는 것에 대한 부러움.

장기오 선생님의 글을 읽으면 나도 모르게 눈물이 난다. 내가 처음
읽은 그분의 글은 아마 제목이 〈If you go away〉*, 떠나간 사람을
회억하는 슬픔이 내 가슴을 휘저어 놓았다. 그즈음 나는 그 노래를
거의 종일 들으며 지내고 있었는데 우연히 그런 글을 읽게 되어 아
주 친한 친구를 만난 듯했다. 그러니까 나는 이 작가의 팬이다.

〈해인의 달〉, 이 작품은 빼어난 수묵화를 바라보는 것 같은 정취에
넘친다. 모든 열망과 갈등을 지나 고독까지도 내려놓은 담담한 슬픔
이 가슴을 후빈다. 겨울 법당의 시린 바닥에 엎드려 우는 한 여인을
바라보면서 자신의 고독을 헐벗은 겨울나무에 기대는 풍경이 가슴을
저릿하게 만든다. 그의 글들은 언제나 빼어난 영상미를 동반하는 장
점이 돋보인다. 불면에 사로잡힌 밤은 얼마나 괴로운가. 차라리 실컷
울어나 본다면 견디기 쉬울 텐데 눈물은 흐르지 않고 눈이 사각이며

---

* If you go away: 수필집 『나 또한 그대이고 싶다』에 실린 수필 〈희미한 옛사랑의 그림자〉
에 나옴. 애인을 떠나보내고 작가가 흐느끼면서 들은 음악.

내리는 소리조차 크게 들리는 외로운 겨울을 난다. 눈이 내리는 겨울 일주일 내내 누구도 전화를 걸어오지 않고, 그렇다고 자신이 먼저 하려 들지도 않은 시간, 인간의 외로움에 대해 승복하기 시작하는 사람들은 굳이 관계망을 다시 정비하려 들지 않을 것이다.

내가 알기로 그는 뜨겁게 살았다. 멋진 직업에 파묻혀 대단한 성취를 이루었다. 그러나 완주를 끝낸 자는 허탈하다. 영광과 갈채는 사라지고 객석은 비었다. 화산의 분출은 끝나고 잔열은 식어 간다. 그래 잊자. 이제 겨울나무처럼 인생을 관조할 시간이라는 위안 속에 비로소 불면은 사라지고 깊은 잠에 빠진다.

젊었을 때는 꽃이 참 아름답다고 생각했다. 그러다 나이가 들면서 우렁우렁 가지를 하늘로 키워 내는 나뭇잎들이 그렇게 눈부셔 보였다. 잊어버리라고, 그리고 빈 몸으로 가뿐하게 추운 겨울을 맞는 것도 귀로의 아름다움이라고 가르친다.

하늘의 달은 둥근데 바다의 비친 달은 일그러져 보인다. 어느 것이 본질인가. 그래 잊자. 한 생각만 놓아 버리면 온 바다의 파도가 다 조용해진다.

작품의 감동에도 불구하고 노년에 이르러 인생을 관조하게 되는 이런 주제가 정말 싫다. 결국 나도 어느 요양병원에서 말년을 맞으며 사라질 운명이라지만 그래도 싫다. 살아 있는 동안 심장은 박동해야 하는 의무가 있다. 그는 단잠을 며칠 오래 잔 다음 모든 것을

회복할 것이다. 그는 아직도 언젠가 다시 분출할지 모르는 활화산
이라고 나는 믿는다.

장기오의 〈해인의 달〉이 아름다운 이유는 진정성 때문일 것이다.

선운사 동백꽃

선운사에 갔다. 알맞게 동백꽃이 한참이었다. 우리가 잠을 잔 여관 뜰에도 동백꽃은 있었고, 도솔암 꼭대기 암자에도 바위를 비집고 수줍은 듯 동백이 얼굴을 내밀고 있었다. 선운사 경내에는 동백꽃이 그야말로 지천으로 널려 있었다. 그러나 대웅전 뒤뜰에 핀 동백꽃이 유난히 붉게 보이는 것은 가슴 저린 사랑의 기억 때문이 아닐까. 아니 시(詩) 때문이리라.

여자에게 버림받고
살얼음 낀 선운사 도랑물을
맨발로 건너며
발이 아리는 시린 물에
이 악물고
그까짓 사랑 때문에

그까짓 여자 때문에
다시는 울지 말자
눈물을 감추다가
동백꽃 붉게 터지는
선운사 뒤 안에 가서
엉엉 울었다.
_김용택의 시 〈선운사 동백꽃〉 전문

첫사랑이었을 것이다. 그렇게 엉엉 울 수 있는 사랑은 첫사랑이 틀림없을 것이다. 대개의 첫사랑은 이루어지지 않는다. 첫사랑은 사랑이 아니라 사랑에 대한 환상이기 때문이다. 그러나 사람들은 첫사랑의 추억을 평생 안고 산다. 세월의 한 자락으로, 혹은 가슴 아린 상처로 말이다. 여자에게 버림받아 본 사람은 알리라. 얼마나 막막하고 얼마나 서러운지를……

아직도 채 여물지도 않은 소년이 분하고 억울해서 식식거리며 이 악물고 살얼음 낀 도랑을 건너는 눈물이 그렁그렁한 얼굴이 떠오르고, 참다 참다 동백꽃 핀 아무도 없는 뒤뜰에서 서럽게 우는 모습이 손에 잡히듯 선하다. 늘 그랬다. 선운사 올 때마다 그 시(詩)가 떠오르고 그때마다 가슴이 아려 왔다.

그녀는 냉담했다. 한 번만 만나 달라고 편지를 하고, 퇴교 길을 가로막고 통사정을 해도 그녀는 꼼짝을 안 했다. 그럴수록 이상

하게도 그녀의 가녀린 얼굴이 떠오르고 시간이 갈수록 내 기어이 너를 내 애인으로 만들고 말겠다는 오기가 생겨났다.

당시 그는 건강 때문에, 때로는 가난 때문에 휴학과 복학을 거듭하면서 초등학교 동창이던 그녀보다 2년이나 뒤쳐져 있었다. 그녀가 그 사실을 비웃었다는 이야기가 들렸다. 억울했다. 처음에는 단순히 만나서 해명하고 싶었다. 그러나 그녀는 만나 주질 않았다.

그녀가 만나 주었다면 어떻게 되었을지는 몰라도 그녀가 만나 주지 않음으로써 그는 최면에 걸리고 말았다. 정말 해명하려고 그러는 건지, 그녀가 좋아서인지 분간이 안 됐고 한창 감수성이 예민하던 시절이라 그는 '베르테르'를 흉내 내면서 스스로를 비극의 연애소설 주인공으로 자신을 설정했는지도 모른다. 그 이후 그의 행동은 연애소설의 그것이었다.

그는 그녀를 한 번 만나기 위해 불 밝힌 그녀의 창문 추녀 밑에서 추위에 떨며 지새기를 그 얼마나 했으며 또 얼마나 많은 연애 편지를 쓰며 잠 못 이루는 밤을 보내야 했던가. 흔히 하는 이야기로 플라토닉 러브였고 요즘으로 말하면 스토커였다.

대개의 첫사랑은 이상(理想)의 여인일 경우가 많다. 훗날 어쩌다 우연히 만나게 되면 실망하는 것도 오랜 세월 동안 품어 왔던 청순하고 착한 이미지의 여인은 어디 가고 뚱뚱하게 살이 찐 수다스러운 중년 여인의 경우가 대부분이기 때문이다. 피천득 선생도 그랬다. 만나지 말아야 한다고. 백합처럼 시들어 가는 아사코

를 만나지 말아야 한다고 후회했다.

첫사랑은 맺어지지 않는 것이 좋고 그래서 죽을 때까지 아름다운 추억으로 기억될수록 좋으리라. 살다 보면 외로울 때가 얼마나 많겠는가. 비라도 추적추적 내리는 가을날, 혼자 선술집에 앉아 나만의 추억으로 첫사랑을, 혹은 이루어질 수 없었던 사랑을 기억하는 낭만 또한 좋지 않겠는가.

그러나 요즘의 사랑에는 그런 낭만이 없다. 보고 싶어 막무가내로 집 앞에서 기다리고, 한 번만이라도 만나 달라고 밤새워 편지 쓰고, 상사병에 걸려 식음마저 전폐하는 온몸을 던지는 활화산 같은 사랑은 없다. 사랑한다 어쩐다 하다가도 사소한 일로 틀어지면 그냥 헤어진다.

미련이 없다. 사정하지도 매달리지도 않는다. 어떻게 보면 깨끗하다. 밤을 새우는 고뇌도, 식욕을 전폐하고 자신을 학대해 가며 상대의 구원과 동정을 구하는 그런 낭만적인 행동 따위는 흘러간 유행가다. 간단하게 결혼하고 고뇌 없이 헤어진다. 쿨하다. 시련이 없는 사랑, 그 또한 사랑일 수 있을까?

낭만이 사라진 세태에는 동백꽃도 그냥 사진 찍는 배경에 불과하다. 동백꽃을 보고 어릴 때 첫사랑을 떠올리고 시를 기억하는 시대는 이제 끝났다.

우리는 선운사를 내려왔다. 서정주 선생의 시비(詩碑) 앞에서 기념사진을 찍고 선생의 생가를 방문하고 점심에 소주 한잔씩 걸치고 선운사를 떠났다.

선운사에는 동백꽃만 있더라. 목 쉰 육자배기도 없고 가슴 저린
사랑은 오로지 시(詩)에만 있더라.

어떤 이별

배는 언제 떠날 지 알 수가 없었다. 제법 빗방울이 굵어지면서 부두를 때리는 파도도 점점 거칠어지고 있었다. 우리는 근처 해장국 집에서 아침을 시켜 놓고 배가 출발하려면 다소의 시간도 있고 또 이 거친 바다가 잠잠해져야 배가 출항할 터이니까 남은 시간도 때울 양으로 해장술을 시켜 놓고 홀짝거리고 있었다.

더럽고 지저분한 창문 저쪽 항구는 짐수레꾼과 뱃사람들의 고함 소리로 시끄러웠다. 우리는 망연히 그런 광경을 내다보며 다소 느긋한 심정으로 아침을 먹었다. 사실 연출자나 스태프들에게 이런 장소 헌팅의 시간이 가장 행복한 시간이다. 실제로 촬영에 들어가면 초(秒)치기에 들어가기 때문에 그런 감상에 젖어 있을 짬을 허용하지 않는다. 그러기에 헌팅 때는 다소 좋은 음식도 찾아 먹고 저녁에는 술도 한잔씩 하면서 여유를 부리곤 한다.

빗줄기는 창문을 쉴 없이 때리고, 파도는 우우 소리를 지르며

방파제를 넘으면서 거대한 포말을 만들어 내곤 한다. 그런 녹록하고 비릿한 항구의 냄새가 식당 안까지 번지면서 아침이지만 해장 삼아 마시는 술맛이 제법 괜찮았다.

소주 한 병이 다 비었을까 갑자기 입구가 떠들썩해지면서 문이 거칠게 열렸다. 그 바람에 바다의 비릿한 냄새와 짭짤한 소금기가 식당 안을 확 덮치면서 뒤이어 남녀가 엎어지듯 밀려 들어왔다. 다소 투박하게 보이는 남자가 성큼성큼 들어오고 뒤따라온 여자는 이미 술이 취한 듯 눈동자는 풀려 있었고 얼굴은 벌겋게 상기되어 있었다. 머리는 심하게 헝클어져 있었으며 옷맵시도 단정치가 못했다.

남자의 옆자리에 가지런히 앉은 여자가

"자기야 가지 말라, 응."

안타깝게 남자의 팔을 잡고 흔드는데 발음이 엉킨다. 남자는 그런 여자를 무표정하게 힐끗 보더니 소리친다.

"여기 해장국 하나!"

여자가 얼른 받는다.

"소주도 하나!"

식당 아줌마가 못마땅한 듯 혀를 끌끌 찬다.

해장국이 나오자 남자는 말없이 밥을 국에 말아 후룩후룩 먹고 여자는 남자의 잔에 술을 한 잔 따르고 자기 잔도 채우더니만

"자기, 짠!"

기어이 남자의 잔과 부딪치고는 술을 단숨에 털어 넣는다. 그러

고는 남자의 얼굴을 민망스러운 정도로 빤히 쳐다보면서

"내 잘해 줄게, 응."

혀 꼬부라진 소리로 남들이 보면 민망할 정도로 밥 먹는 남자의 얼굴을 쓰다듬고 뽀뽀도 하면서 애교를 떨었지만 남자는 막무가내 이렇다 저렇다 말이 없었다. 아니 거의 확고해 보였다.

여자는 술집 여자인 것 같고 남자는 떠돌이인 것 같았다. 둘은 이리저리 떠돌다 어렵게 만나 서로 사랑을 한 것 같았고 얼마 안 가 싫증을 느낀 남자는 여자를 떠나려 하는 것 같았다. 그러기에 여자는 남자를 붙잡아 두려고 옆에서 봐도 애절할 정도로 사정을 하고 남자는 그런 여자가 이제 신물이 난다는 투로 경멸하며 떠나려 하는 것이리라.

남자는 그녀의 이야기를 듣는지 아닌지 시종 무표정하게 밥을 먹고 또 여자가 따라 준 술도 마다 않고 받아 마셨다. 여자는 또다시 술을 시켰다. 이제 여자는 완전히 취했다. 우리 일행은 눈살을 찌푸리고 혀를 차며 하나둘 식당을 나가 현관 앞에 있는 자판기에서 커피를 뽑아 마시면서 비가 그치길 기다렸다. 남자가 숟가락을 놓자 식당 아줌마가 그릇을 치우는 척하며 다가와 남자에게 말했다.

"김씨! 그냥 가면 어떡해, 애는 어떡하느냐고!"

"알아서 살겠죠."

갑자기 식당 아줌마가 남자의 등때기를 후려쳤다.

"나쁜 놈! 야금야금 빨아먹을 때는 언제고, 이제 와서 차 버려!

에이 이 나쁜 놈!'

　그러면서 다시 등때기를 후려치려 하자 옆에서 가만히 듣고만 있
던 여자가 갑자기 벌떡 일어나더니 벼락같이 소리를 치며 눈에 불
을 켠다.

　"아줌마가 먼데 이 사람을 때려!"

　"아이구, 그래. 니 서방이다, 잘난 니 서방이다."

　식당 아줌마는 어이없어 하며 주방으로 가 버린다. 여자는 눈물
까지 글썽거리며 그 남자의 등때기를 쓰다듬어 준다.

　"자기야, 괜찮아, 응."

　여자는 사정을 하고 남자는 무표정하게 앉아 그렇게 승강이를
하는 동안 거짓말처럼 비가 그치고 바람도 잦아졌다. 사람들이
웅성거리고 스피커에선 배가 출발한다고 왕왕거렸다. 남자는 일
어섰다. 여자가 벌떡 일어서면서 남자를 막았다.

　"기어이 가야 돼?'

　남자는 말없이 그녀를 밀치고 걸음을 옮기려 했다. 여자는 그때
까지 기세로 보아 남자의 멱살이라도 잡을 것 같았는데 의외로
어깨를 돌려 길을 내줬다. 남자가 식당을 나가는 뒷모습을 한참
보더니만 그가 문을 열고 나가자 여자는 탁자에 그냥 무너지듯
앉았다. 그러고는 소주병을 들어 꽤 남은 술을 병 채로 꿀꺽꿀꺽
다 마시더니 그 자리에 얼굴을 묻는다.

　한참을 그러고 있다가 고개를 드는데 그녀의 얼굴에는 굵은 눈
물방울이 주르르 흐른다. 그 짧은 순간, 그녀의 얼굴에선 겨울 허

수아비같이 곧 바스러질 것 같은 허무가 엿보였다.

그녀는 술병을 들어 술이 없자, 술이 취해 발음이 안 되어서 그런지 기운 없어 그런지 나직막한 소리로

"아줌마, 술 하나 더."

그러자 아줌마가 다가와 맞은편에 앉으면서

"이년아, 정신 차려, 너 이러다 죽는다."

그녀가 중얼거리듯 말한다.

"죽으면 뭐 대순가? 그냥 죽었으면 좋겠다."

그녀는 다시 탁자에 얼굴을 묻더니 어깨를 들먹거리며 서럽게, 서럽게 우는 거였다.

나는 식당을 나왔다. 표를 끊고 배를 탔다. 술기운도 있었지만 그 여자가 너무 가여워서 우울했다. 손님들이 다 탔는지 닻이 오르고 뱃고동이 한 번 길게 울었다.

그때였다. 식당 문이 열리면서 여자가 비칠비칠 위태롭게 부두로 뛰어오는 것이 보였다. 배가 부두에서 떨어져 나가고 여자는 부두 끝에 섰다. 그리고 여자가 외쳤다.

"야! 이 새끼야, 가다가 배가 뒤집혀서 뒤져라."

사람들이 와 웃었다. 그녀는 아랑곳 않고 고래고래 소리를 질렀다.

"야! 이 개새끼야, 제발 뒤져라! 매독이라도 걸려 제발 뒤져라."

끝말이 울음 속에 묻혔다. 그리고는 부두에 퍼질러 앉아 연신 울음 섞인 목소리로 '뒤져라!' 라는 소리를 질러 댔다.

배는 멀어지고 그녀의 목소리도 잦아들었다. 누군가가 그랬다.

"지독하군."

그래 지독한 사랑 같았다. 남자의 입장에서 보면 논다니의 기둥서방하기에 부끄러울 수도 있었고 패악을 지르며 강짜를 부리는 여자가 지겨울 수 있었을 것이다. 그러나 여자는 몸으로는 하염없는 업을 지어도 마음만은 속절없이 그에게 묶여 있었으리라. 비록 술 따르고 몸 파는 거리의 여자지만 남자를 떠나보내기 싫어 절약하고 절약해 적금도 붓고 둘만의 생활을 위해 갖은 정성을 다했으리라. 그게 오히려 그 남자를 부담스럽게 하고 떠나게 했는지도 모른다.

남들이 보면 통속적이고 유치한 사랑 같지만 당사자에게는 목숨 건 사랑이었을 것이다. 그런 삶의 희망마저 떠나 버린다면 여자는 정말 싸구려가 되어 밑바닥을 아무렇게나 뒹굴며 자기를 학대하며 살 것이다. 여자는 팔소매로 연신 눈물을 훔치면서 소리를 질러 대고 있었다. 이렇게 뜨거운 이별을 본 일이 있었던가. 나는 가슴이 미어지고 있었다.

허무한 마음

  마흔을 넘겼을 때, 그는 시내 카페에서 아주 골똘한 표정으로 혼자 앉아 차(茶)를 마시는 일이 잦아졌고 무엇 때문인지 몰라도 늦은 밤, 문득 잠이 깨어 새벽이 오도록 거실에서 서성거리기도 했다. 아주 드물게는 충동적으로 차를 몰고 밤새 고속도로를 달려 낯선 거리에서 술 한잔을 마시고 새벽에 돌아오는 일도 있었다.

  그는 상당 기간 마이너로 살았다. 남들처럼 알아주는 학교를 나온 것도 아니고 더구나 전공 분야도 아니었다. 어느 때는 일거리를 집에 가져와 밤을 새워야 했고 남들이 아무렇지 않게 처리하는 업무도 그는 허둥대며 간신히 시간을 댔다. 그러나 그는 남들보다 더 열심히 일을 했다. 덕분에 이제 책상에 앉아서 결재를 할 수 있었고 모두들 정신없이 돌아치는 오후에도 그는 식후 약간의 오수(午睡)를 즐길 수도 있게 되었다.

  그런데 어쩐 일인지 그때부터 그는 초조해지기 시작했다. 퇴근

을 하다 문득 하늘을 올려다보며 이렇게 사는 게 아닌데 하고 중얼거리곤 했다. 평생 세상 사람들로부터 따돌림을 받은 고흐가 새삼 불쌍했고, 눈 덮인 러시아가 보고 싶었고, 아내 몰래 헤드폰을 끼고 차이코프스키의 〈비창〉을 들으며 눈물을 흘리곤 했다. 이렇게 살고 말 것인가? 그는 혼자 거리를 헤매고 다녔다.

그 시절 우연히 압구정동 '에반' 이라는 술집에 들렀다가 등이 곱사처럼 휘어진 아주 못생긴 여가수 하나를 만났다. 자기 몸집보다 더 큰 기타를 끌어안고 낮은 목소리로 부르는 노래에는 깊은 울림이 배어 있었다. 그는 거의 매일 그 가수의 노래를 들으려 그곳에 들렀다. 외모가 주는 슬픔 때문인지 그녀의 팬들은 의외로 많았다. 그러나 어이없게도 더 이상 드러내 놓고 젊음과 사랑을 이야기할 수 없는 그런 나이에, 그런 시절에 그는 그 여가수의 노래를 듣다 그녀와 눈이 마주쳤다.

그와 그녀는 그 여가수를 '로드렉' 이라 부르며 그 가수가 노래 부르는 술집을 따라다니며 노래를 들었다. 그러다 정이 들었다. 매일 만났다. 혹시나 퇴근이 늦어지는 날도 그녀는 밤늦도록 그 술집에서 그를 기다렸다. 그도 그녀가 보고 싶어 조바심을 쳤다. 그들은 밤새워 술을 마시는 일이 잦아졌고 집에 들어가지 않은 날들도 많아졌다. 그렇게 정이 들면서 여자는 결단을 요구했고 그들의 만남은 우울해졌다.

그는 사랑의 낭만은 동경했지만 사랑을 위해 그가 가진 걸 포기할 만큼 용감할 수는 없었다. 그를 매료시킨 것은 흔히 신문의 하

단 기사로 치장되는 스캔들류(類)의 저급한 사랑이 아니라, 근사한 레스토랑에서 촛불을 밝히고 와인 잔을 기울이며 그들만의 밀어를 주고받는 그런 무지개같이 찬란한 사랑의 환상이었다.

우선 그는 자기를 돌아봤다. 보잘것없는 집안에서 태어나 간신히 여기까지는 왔지만 그는 두려웠다. 주위 사람들의 손가락질을, 기존의 질서에서 벗어나는 외로움을 그는 견딜 자신이 없었다. 자식들 또한 그렇다. 아이들은 이제 시작이고 또 아이들은 아버지의 배신을 견디고 추스르고 버틸 능력이 없을 것이다. 진심에서 우러나는 사랑은 아닐지라도 의무로서 아이들이 홀로 설 때까지는 지켜 주어야 했다. 그들에게 상처를 주어서는 안 된다고 생각했다. 어쩌면 아내는 그런 시련을 견뎌 낼 수도 있을 것이다. 그러나 한편으로는 가진 것 없고 능력 없는 남편을 만나 적은 월급으로 불평 없이 아이들을 돌보며 가정을 꾸려 온 아내로서는 억울할 것이다.

그는 주저했다. 사랑이 주는 벅찬 기쁨과 생의 활력은 잃기 싫으면서도 모험 뒤에 오는 비난은 피하고 싶었다. 그냥 그대로 안주하고 싶었다. 그러나 그녀는 좀 더 일찍 만나지 못한 것을 안타까워하며 지금이라도 흐르는 강물이 때로는 부대끼며 때로는 껴안고 도도하게 흐르듯, 그렇게 바다로 가고 싶다고 술에 취해 흐느끼는 일이 잦아졌다. 그러나 그는 대답을 할 수가 없었다.

어느 가을날, 그날도 그들은 그 술집에서 '로드렉'의 노래를 듣고 술을 마시고 자정이 다 돼 나왔다. 그녀가 그랬다. 우리도 노

래 한 번 불러 보자고. 그래서 그들은 술도 팔고 노래도 하는 술집으로 가 노래를 불렀다. 일요일이라 손님이 거의 없었다.

……수많은 시간과도 이별이에요. 이별이에요.
콧날이 시큰해지고 눈이 아파 오네요……

노래를 부르는 내내 그녀의 눈은 축축했다.
돌아오는 차 속에서 그녀는 무심히 한마디 던졌다.
"가면 되는데……."
스치는 바람 같은 말투였다. 쓸쓸함이, 그의 마음을 우울하게 했다.

이튿날부터 그녀는 사라졌다. 비상시 연락하던 전화도 받질 않았다. 술집 '에반' 에서 문을 닫을 때까지 기다려도 그녀는 나타나질 않았다. 그녀의 집 앞에서 혹시 그녀가 나오길 기다려도 그녀는 어디에도 찾을 수가 없었다. 한 달이 가고 두 달이 갔다. 그녀는 증발해 버렸다. 흔적도 없이…….

그는 부끄러웠다. 여자의 사랑 하나 지켜 주지 못한 그는 자신을 자책하며 매일 혼자서 거리를 헤매며 술을 마셨다. 그저 그런 거라고, 삶에 죽음이 있듯이 사랑에도 이별은 기어이 오는 거라고 위안을 해 보지만 그 허무한 마음을 다스릴 수가 없었다. 세상에 그 누구도 그녀가 떠난 자리를 메울 수 없을 것 같았고 그 어떤 기쁨도 위안이 될 수가 없을 것 같았다.

그러나 어쩌랴. 눈앞에 본 것도, 내 몸으로 겪은 것도 까마득하거늘 중년의 나른한 한때의 낮 꿈 같은, 여름철 양철지붕을 때리고 지나가는 소나기같이 그의 심장을 후려치고 지나가 버린 그 사랑을 언제까지나 기억할 수는 없었으리라.

처음에는 못 견디게 그리웠고, 그 다음에는 비가 온다든지 승진에서 누락되었을 때에, 그러고는 이제는 아주 드물게 생각이 나고 보고 싶다고 했다. 상처에 딱지가 앉듯 아물고 있었다. 이제는 꿈에서조차 나타나지 않는다며, 그녀도 이제 나를 잊어 가는 모양이라고 말할 때는 그의 눈에 쓸쓸함이 가득했다.

그때 그들은 사랑했던가. 그때 그들은 행복했던가. 그리고 그럴 만큼 젊었던가.

나이가 든다고 사랑의 갈증이 없어지는 것이 아니라 의식 밑바닥에 깊숙이 숨어 있다가 상대를 만남으로써 뜨거운 열정으로 치솟았을 것이다. 남은 것은 빛바랜 한때의 추억뿐, 아무런 희생도 없이 사랑을 얻으려던 그는 허무하다고 했다.

그러나 가슴속에 묻은 사랑 하나쯤 있는 그는 그래도 추억이 있어 나머지 생이 쓸쓸하지만은 않을 것이리라.

〈허무한 마음〉을 읽고

—김미정(수필가)

　제도권에서 결혼한 남자가 아내가 아닌 다른 여자를 사랑했다면 우리는 그것을 불륜이라고 한다. 불륜이라고? 사회적 정의 앞에서 독자들은 당황할 것이다. 그리고 말할 것이다. 그건 우리도 알아. 정답만을 말하는 것은 밥맛이야.

　너무 성급하게 예단하지 마시라. 동서고금을 통틀어 문학 속에서 사랑이, 그것도 이루지 못할 사랑이 우리들을 매혹시키고 감동의 도가니로 몰아가는 경우는 허다했으니까. 그럼에도 현실에서 우리들은 어쩔 수 없이 '사회적 동물' 이다. 무인도에서나 살면 모를까. 하지만 현대사회는 우리들에게 무인도조차 허락하지 않는다. 그런 의미에서 〈허무한 마음〉은 이미 결말을 예고하고 있다.

　이제 그 남자의 심리를 따라가 보자. '마흔을 넘겼을 때, 무엇 때문인지 몰라도 늦은 밤, 잠이 깨어 새벽이 오도록 거실을 서성이고 충동적으로 차를 몰고 나가서 술을 마시고' 마음을 잡지 못했다. 열정을 다해 일하던 직장에서 이제 자리도 잡아 가고 뭔가를 이룬 것도 같은데, 마음은 바람 빠진 풍선처럼 걷잡을 수 없이 허우적거린다. 심리학자들은 말한다. 그게 바로 '중년의 위기' 야.

　그러다 그 남자는 그 여자를 만난다. 자주 가던 술집에서 곱사처럼 등이 휜, 애절한 노래를 부르던 여가수의 노래를 듣다가 그 여

자(여가수가 아님)와 눈이 마주친다. 그는 그것을 '어이없다' 고 표현했다. 더 이상 드러내 놓고 젊음과 사랑을 이야기할 수 없는 그런 나이이기에, 여기서 우리들은 그의 내면을 집중적으로 들여다봐야 한다. 젊음과 사랑에 집착하는 것은 늙어 가는 것에 대한 심리적 저항이며 아직도 남자, 그것도 매력적이고 당당하고 건재한 남성이라는 것을 스스로에게 증명하고 싶었을 것이다. 바로 그때 그 여자가 나타난 것이다. 그러다 서로 정이 들었다. 그리워 애타게 서로를 찾았다. 그러나 현실에 뿌리내릴 수 없는 그들의 만남은 우울해졌다. 애초에 그 끝을 몰랐을 리 없다. 다만 모르는 척하고 싶었을 뿐이다. 그가 꿈꾼 것은 낭만이었기에 그 환상은 깨질 수밖에 없다. 그 여자를 사랑했다고? "사랑이란 행동하는 만큼 사랑하는 것이다."라고 말한 스캇 펫의 말을 빌리지 않더라도 그건 거짓말, 그가 몰입한 대상은 그 여자가 아닐지도 모른다. 생의 활력을 다시 찾은 자기 자신이었을지도.

기득권을 포기하지 않는 선에서, 사랑도 취하는 비겁한 자신 때문에 그는 괴로워한다. 그러나 그 여자는 그의 미묘한 심리를 이미 꿰뚫고 있었을 것이다. 그러기에 홀연히, 자취도 남기지 않고 떠나 버린다. 그는 자신을 부끄러워하며 거리를 헤매며 술을 마셨다. 그녀가 그리워서, 실연의 아픔 때문에 아마도 그랬을 것이다.

그리고 시간이 흘러 그때의 사랑을 회상하는 그의 목소리에는 약간의 달콤함이 묻어나고 있다. '그래도 추억이 있어 나머지 생이 쓸쓸하지 않을 거라며' 우리는 여기서 냉정해져야 한다. 그리고 그도

냉정하게 자신을 돌아봐야 한다. 서두에서 사회적 정의를 말했던 것은 관습과 도덕이 우리의 삶을 어떤 식으로 지배하는가를 환기시키고 싶었기 때문이다. 그렇다고 자유연애를 지지하겠다는 것은 아니다. 일부일처의 문제점을 거론하겠다는 의도는 더더욱 아니다. 사랑하는 마음은 인간의 본성이다. 더구나 이성에 대한 끌림은 뜨겁고 강력하기까지 하다. 그러나 불행하게도 우리들은 적절한 인간관계 속에서 남성과 여성이 그것도 성적 에너지가 자연스럽게 기능하는 법을 배우지 못했다. 억압되거나 폭발하거나 둘 중 하나다.

이 작품은 반드시 그의 사랑 이야기를 넘어서는 그 무엇이 있어야 한다. 한 발 뒤로 빼고 넋두리하는 자신에서 벗어나 칼을 세우고 공감대를 형성하고 카타르시스를 유도하는 장치가 필요하다는 내 생각은 독단일까.

남한강가에서 그는 울었다

잔설(殘雪)이 곳곳에 남아 있는 강가에는 강물에 떠밀려 내려온 페트병과 썩은 나뭇가지, 빈 라면 봉지들이 어지럽게 널려 있었다. 봄의 강, 춘강(春江)은 겨울의 잔해와 누추함을 온몸으로 껴안고 웅얼거리며 흘렀다. 강심 한복판에서는 보랏빛 안개가 낮고 우울하게 피어오르고 있었다. 봄이라고 하지만 아직은 쌀쌀했다.

삶에 지친 어느 봄날, 우리는 피크닉 가듯 드라이브를 나왔다. 두물머리를 지나 옥천 못미처 어느 강변의 그럴듯한 호텔에 차를 세우고 강변이 바로 지척인 야외 원두막에 자리를 잡았다.

매운탕을 시키고 술을 마셨다. 우리는 봄맞이 온 상춘객답게 시답잖은 농지거리나 주고받으며 술잔을 기울였다. 술도 어지간히 취하고 농담도 식어 가고 그럭저럭 해가 설핏해질 무렵 그는 누구에게 아닌 혼잣말로 중얼거렸다.

"왕유(王維)라는 시인이 있다."

나는 무슨 말인가 하여 그를 쳐다봤다.

"그대를 보내고 산중에 돌아와(山中相送罷) 날, 저물어 사립문을 닫는다(日暮掩柴扉) 봄풀은 해마다 푸른데(春草年年綠) 떠나간 그대 다시 돌아올 수 있을까?(王孫歸不歸)"

마지막 '다시 돌아올 수 있을까' 에서 물기가 묻어났다.

"무슨 일이 있었냐?"

"나, 초등학교 때 동창을 만났다."

"그래서?"

"둘이 연애했다."

"어쭈?"

"임마! 우습게 듣지 마."

"만나고 보니 그녀는 아이 둘을 키우며 혼자 사는 이혼녀였다."

"그래서?"

"그래서는 뭐가 그래서야. 그렇게 시작되었다는 이야기지."

그는 남의 말하듯 그렇게 운을 떼었다. 대개의 운명이 그러하듯 사랑도 우연을 가장해 온다. 그즈음 그는 아주 지쳐 있었다. 그는 일을 팽개치고 여기저기를 떠돌았다. 그리고 혼자 차를 몰고 강가를 찾았고, 이 남한강가에서 혼자서 술을 마시고 혼자서 중얼거리며 혼자서 강가를 어슬렁거리다 어둑어둑해져 집으로 돌아가곤 했다. 그러다 우연히 친구 개업식에 갔다가 그녀를 만났다.

처음에는 그냥 옛날 친구로 만났다. 같은 세대였기에 서로 공유하는 추억도 많았고 따라서 화제도 풍부했다. 그러다 점점 깊이

빠져들었다. 아름다운 사랑을 하자고 맹서를 했다. 남들이 어떻게 보든, 그냥 이대로 추하지 않게 늙어 가자고 했다. 누구는 불륜이라고 손가락질하겠지만 이혼하고 재혼하자는 것도 아니고 그냥 이대로, 사랑만 하자고 했다. 둘은 매일 만났다. 강변을 드라이브하고 식사를 하고 이야기를 나누고 예술을 이야기했다. 생이 즐거웠다. 아름다웠다.

"그녀를 처음 만나던 날, 이곳에서 둘이 식사를 했지. 그래서 이 호텔은 추억이 있는 곳이야."

나는 호텔을 다시 쳐다보았다. 강변을 보고 서 있는 아주 낭만적인 호텔이었다.

"그러나 인간의 욕심은 그렇지 않은 것 같아."

말 타면 경마 잡히고 싶다고 점점 그녀의 요구시항이 많아졌다. 가족 모임이나 부부 동반 모임 같은 것도 까탈을 잡았다. 그들은 그들의 처지를 이미 익히 알고 만났고 그건 서로가 이해를 해야만 하는 사항이었다.

그는 그녀의 요구를 다 들어줄 수가 없었다. 피곤해졌다. 자연히 비밀이 생겼다. 그러자 그녀는 자신의 일을 찾아 나섰고 우여곡절이 있었지만 단기간에 그 분야에서 성공했다. 그러면서 그녀도 점점 그를 뜨악하게 대하기 시작했고 일을 핑계로 만남도 피하는 것 같았다.

어느 날 해외 출장을 간다고 했다. 언제 올 거냐고 물었더니 그녀는 모르겠다고 했다. 그때 그는 그녀가 이제 그의 곁을 떠난다

는 신호를 주는 거라고 생각했다. 과연 그녀는 그날 이후 연락을 끊었다. 전화번호를 모르는 것도 아니지만 그도 연락을 하지 않았다. 기어이 떠나고자 하는 여인을 구차하게 잡아 다시 시시비비를 가리고 싶지 않았기 때문이다.

"같이 살아야만 사랑일까?"

"같이 있고 싶어 하는 게 사랑 아닐까?"

"아무리 교양 있는 사람도 사랑에 관한한 전혀 교양적이 아니더라."

"오히려 실존적이지."

"그리고 통속적이고……."

"동서고금을 막론하고 사랑은 신파다."

"……그래도, 나는…… 그 사랑을 잊지 못할 것 같아."

그의 어깨 위로 석양이 내려앉았다. 한 번 몸을 부르르 떤 그가 다시 시선을 저물어 가는 강 위로 주었다. 황금빛으로 빛나던 수면 위로 물새 한 마리가 솟아올랐다. 그는 나를 돌아보며 쓸쓸하게 웃었다.

그는 일도 사랑도 다 떠나 버린 빈 뜰에 선 허수아비 같았다. 날은 화창한데 엘리어트(T.S Eliot)가 레만 호숫가에서 울었듯이 그

*마종기의 시 〈낚시〉의 한 구절에서 인용.
……낚시질을 하다
문득 온몸이 끓어오르는 대낮
더 이상 이렇게 살 수만은 없다고
中年의 흙바닥에 엎드려
물고기같이 울었다.

는 남한강가에서 중년의 흙바닥에 엎드려 물고기같이 울었다.*

울고 나면 이제는 돌아가리라. 일상의 편안함으로.

내가 그랬다. 강이 아름다운 것은 그 강을 건너왔기 때문이라고, 그는 고개를 끄덕이며 입술을 당겨 씩 웃더니 강 건너 산등성이에 하얗게 내려앉은 산 벚꽃에 시선을 옮기며 중얼거렸다.

"그럴 거야…… 그럴지도 모르지."

우리는 일어섰다. 남한강은 크고 아름다웠다. 그는 서울로 오는 내내 강물만 쳐다보았다. 비록 늙은 몸으로 이 강변을 달리고 있지만 마음만은 그때 그 시절의 사랑을, 그 격정을 추억하리라.

"이제는 이게 마지막일 것 같네."

그는 쓸쓸하게 웃었고 내가 그의 어깨를 치며 받았다.

"미친놈, 니 나이가 몇 살인데 또 사랑이냐?"

"그렇지?"

하며 그는 가속페달을 힘껏 밟았다. 차가 횅하니 한 점 점처럼 강변을 내달렸다.

왕유의 시처럼 그는 집으로 돌아가 문을 닫을 것이다. 아니 마음의 문을 닫을 것이다. 내년에도 봄풀은 푸르겠지만 떠나간 그녀는 돌아오지 않을 것이다. 그해 봄이 그렇게 가듯, 우리의 봄날도 그렇게 갔다.

죽은 황녀를 위한 파반느

그녀는 그때 그 도시의 어디든지 있었다. 중앙통 거리에서도, 향촌동 술집에서도 그녀는 늘 있었다. 때로는 홀로, 때로는 여럿이 어울려 있었지만 그녀는 항상 혼자인 듯 앉아 있었다. 술에 취한 듯 보였지만 그녀는 취한 적이 없었고, 멀쩡한 정신으로 만나도 술에 취한 듯 몽롱해 보였다.

우리들은 그녀의 주위를 맴돌았다. 우리끼리 모여도 그녀가 없으면 왠지 허전했고 그렇게 술이 한 순배 돌고 나면 그녀는 또 어떻게 알았는지 술집에 나타나곤 했다. 워낙 좁은 도시라 우리들이 모이는 곳이 거기서 거기라 그랬겠지만 우리들 인식 속에는 늘 그녀가 함께 있었다.

그녀는 또 끊임없이 사랑을 갈구했다. 사실인지 아닌지 확인할 방법은 없었지만 이미 문단에 알려진 꽤 유명한 한 소설가를 그녀는 사랑했다. 당시 남자가 여자를 쫓아다니는 일이야 흔히 있

을 수 있는 일이지만 여자가 남자를 쫓아다니는 일은 세간의 화제가 되는 일이었다.

누가 물어보면 그녀는 아주 슬픈 얼굴로 알려고 하지 말아 달라고 부탁하곤 했다. 그런 날은 술을 엄청 많이 마셨다. 그러고는 며칠 잠적해 버리곤 했다. 때로는 절에 가 있기도 하고 때로는 바다가 보고 싶어 부산에 다녀왔다며 나타나곤 했다.

무더운 어느 여름날 우리는 중앙통에서 마주쳤다. 돈 없기로, 그리고 무료하기로 그녀나 나나 마찬가지였다. 그녀와 나는 중앙통을 두 바퀴쯤 돌았지만 그날따라 아는 놈들을 만날 수가 없었다. 그녀는 참 한심한 얼굴로 하늘을 한참 올려다보더니

"그곳에 가면 시원할 거야."

나는 무슨 말을 하는지 몰라 그녀를 쳐다보자.

"수성못 말이야. 거기는 시원할 거야."

우리는 호주머니를 탈탈 털었지만 버스비도 안 되었다. 이 좁은 거리를 뱅뱅 도느니 차라리 걸어가기로 했다.

대구의 더위는 유명하다. 바람 한 점 없는 것은 물론이고 폭염은 아스팔트를 팥죽처럼 만들어 버린다. 사람들은 벌건 얼굴을 하고 연신 비지땀을 쏟아 낸다. 정수리 위로 내리꽂히는 태양을 이고 둘은 걸었다. 말도 하기 싫었다. 한 시간 이상을 걸어 못가에 당도했다.

얼굴은 익어 홍시처럼 벌게졌고 옷은 땀으로 흠뻑 젖어 소나기를 맞은 듯 후줄근했다. 못가에는 노점상들이 얼음에 채운 막걸리를

팔고 있었다. 그늘 밑에 자리를 잡았지만 아낀 버스비로는 찬 막걸리 한 잔 값도 안 되었다. 나는 근처의 친구 놈에게 전화해 사정 이야기를 그럴듯하게 꾸며 댄 돈을 빌리는 용기를 냈고 그 돈으로 우리는 찬 막걸리를 마시면서 유명한 대구의 폭염을 피했다. 그녀가 그날 그랬다. 죽고 싶다고. 그래서 내가 그랬다.

"이렇게 더운 날, 히야시 잘된 막걸리도 있고 니 말벗이 되어 줄 친구도 있는데 그렇게 말하면 섭섭하지."

그러나 그녀는 술에 취했는지 아무 말도 없이 물만 내려다보면서 중얼거렸다.

"나 없어지면 자살한 줄 알아라."

내가 픽 웃었다.

"자살, 그게 아무나 하는 거 아니다."

"그러나 살기가 싫다."

그녀는 루이제 린자에 취해 있었고, 고독과 불안을 주제로 삶의 허무를 노래한 전혜린에 반해 있었다. 술만 취하면 레몬 빛 가스등이 희미한 안개 낀 뮌헨의 거리를 걷고 싶다고 중얼거렸고 가끔이긴 하지만 어쩌다 도시에 안개가 자욱한 날이면 그녀는 바바리코트의 깃을 올리고 거리를 헤매고 다녔다. 그런 날은 글도 못 쓰는 우리는 죽어야 마땅하다고, 그래야 전혜린의 글이 더욱 빛난다고 말도 안 되는 주장을 하기도 했다.

젊었을 때는 누구나 그런 감상에 취할 수도 있고 그것은 어쩌면 통과의례였는지도 모른다. 그렇게 그녀는 우리들에게 감상과 낭

만을 제공했다. 그 시절 그녀가 있음으로 해서 우리의 감성은 더욱 풍부해졌고 시와 사랑을 동경하던 우리들의 젊은 시절은 한층 더 윤택해졌다. 만약 우리들의 젊은 시절에 그런 그녀가 없었다면 대구는 불볕더위가 사람을 괴롭히는 지독한 도시로만 기억되었으리라.

그러다 우리들은 흩어졌다. 나를 비롯한 몇몇은 서울로 왔고 그녀는 모교에서 학보사 편집을 한다고 들었다. 몇 년 후에 내가 대구로 출장 가서 만났을 때도 그녀는 여전히 그렇게 살고 있었다.

그날도 몹시 더운 날이었는데 나는 기차표를 사 놓고 간신히 그녀에게 연락이 닿아 생맥주 집에서 만났다. 그때도 그녀는 살기 싫은 표정이 역력한 얼굴로 내 이야기를 건성으로 듣는 둥 마는 둥, 그녀 특유의 데카당한 분위기는 변하지 않았다. 그러고는 우리는 더 이상 연락이 없었다.

삶에 지쳐 한눈팔 사이도 없이 한세월을 좋이 보낸 한참 후, 우리는 그녀의 소식을 들었다. 그녀가 죽었다는 것이다. 우리는 반신반의했지만 어디에도 그녀의 그림자는 없었다. 그리고 그녀가 죽었다는 사실 그 자체도 확인해 줄 아무런 근거도 없었다. 그녀는 그렇게 사라져 버렸다.

그녀가 그토록 찾아 헤매던 그 무엇의 정체는 무엇이었을까? 그리워 잠 못 이루고 뒤척이게 한 그녀의 이상(理想)은 또 어떤 것들이었을까? 그녀가 죽었거나 사라져 버렸다면 이제는 더 이상 아무것도 얻을 수 없으리라는 그런 절망감에서가 아닐까.

그렇게 종적 없이 사라져 버린 그녀의 인생과 사랑을 이야기하
면서 우리는 술을 마셨다. 술집 창으로 보이는 하늘은 핏빛 석양
이었고 꽃은 이미 지고 바람만 쓸쓸했다. 라벨의 음악이 BG로 깔
리는 듯 애잔하기만 했다.

DJ 실습

    1960~70년대 대구에는 '돌체' 라는 학사주점이 있었다. 당시에 한참 유행하던 신성일, 엄앵란 주연의 영화 속에 등장하는 술집이 학사주점이었고 이를 본따 '돌체' 라는 본 이름이 있는데도 불구하고 대체로 학사주점으로 통했다. 그 옆에는 '동문' 이라는 다방이 있었는데 이 둘은 우리들의 젊은 시절에 따로 떼놓고 생각할 수 없을 만큼 공유하는 부분이 많았다.

    내가 군대를 제대하고 참 하릴없이 빈둥거리면서 무엇을 어떻게 해야 할 바를 몰라 방황하고 있을 때 내가 아침 먹고 매일 출근하다시피 한 곳이 바로 동문다방이었다. 이 다방 주인은 수필가였는데 가끔가다 보면 하얀 모시옷을 입고 다방 안을 서성거리는 모습이 보이곤 했다. 그런 분위기 때문인지 동문다방에는 소위 문학한다는 문학도들이 많이 들락거렸다. 여기서 나는 시인 박해수, 이태수, 이하석 등을 만났다.

이 다방은 차 한잔 시켜 놓고 하루 종일을 앉아 있어도 누가 뭐라는 사람이 없었다. 점심값이 없어 그냥 보리차만을 마셔 가며 버티면 서너 시쯤 수업을 마친 친구 놈들이 들어오고 그들을 꼬여 송죽극장 뒷골목 '열차 우동집'에서 우동 한 그릇 얻어먹고 또 6시경까지 내리 버티면 주머니가 좀 두둑한 제씨(諸氏)들이 나타나고 나는 그들을 따라 바로 옆 돌체로 가서 니체도 팔고 도스토옙스키도 팔면서 술 한잔씩을 얻어먹곤 했다. 희망 없는 놈 팡이 시절이었다.

그 동문다방에 나보다 10년 이상 연상이 되어 보이는 마담이 있었다. 하루 종일 차 한잔 시켜 놓고 앉아 있기 일쑤고, 때로는 돈이 없어서인지 냅다 보리차만 마셔 대는 내가 불쌍해 보였는지 하루는 내 옆에 오더니 "학생은 왜 학교도 안 가?"냐며 내게 말을 붙였다.

나는 이러저러해서 그럴 수밖에 할 수 없다는 사정 이야기를 하자 마담은 측은한 눈으로 나를 쳐다보더니 그럼 그러지 말고 지금 있는 DJ가 오후만 되면 자리를 비우는데 아마 다른 다방에 시간제 DJ로 뛰고 있는 것 같다면서 그 시간을 대신 메워 주면 점심은 자기네들 먹는 대로 다방 식구들과 같이 먹자는 것이다. 나는 웬 떡인가 싶어 얼른 승낙을 했다.

사실 점심을 때울 수 있다는 사실도 그렇지만 그 당시 젊은이들 사이에 DJ는 선망의 대상이었다. 나 역시 마찬가지였다. 높다란 DJ석에 앉아서 다방 안을 내려다보며 음악을 틀어 준다는 사실은

생각만 해도 똥구멍이 간질간질하면서 등줄기에 짜하고 전율이 흘렀다.

그러나 DJ의 필수조건은 어디에 어떤 판이 있다는 것을 훤히 다 알아야만 한다. 그래야 손님들의 신청곡을 바로바로 틀어 줄 수가 있기 때문이다. 그게 하루 이틀로 되는 일이 아니었다. 그런데 정식 DJ도 아니고 도둑질하듯이 DJ 노릇을 하는 내가 그렇게까지 할 수가 없었다. 내가 할 수 있는 일은 신청곡은 되도록 받지 않고 내가 아는 노래 위주로 틀어 주는 것이었다.

나는 흑인 영가풍의 노래를 좋아했다. 특히 해리 베라폰테(Harry Belafonte), 레이 찰스(Ray Charles), 델라 리즈(Della Reese) 등의 목이 쉰 듯하면서도 저 영혼의 깊은 곳에 울려 퍼지는 음색이 그렇게 좋을 수가 없었다.

의자 깊숙이 몸을 묻고 듣는 해리 베라폰테의 카네기 실황 중계, 〈쿠쿠 루 쿠쿠 파로마(cu cu ru cu cu paloma)〉나 차이코프스키의 〈비창〉 1악장을 편곡한 델라 리즈(Della Reese)의 〈The story of a starry night〉 같은 음악은 나를 몰아의 경지로 몰아넣곤 했다. 가끔가다 투아 앤 모아의 〈세월이 가면〉도 틀어 주었다. 그리고는 당시 유행하던 〈Green green grass of home〉이나 〈Delilah〉도 양념처럼 곁들였다.

그렇게 물색없이 틀어 대던 내 음악이 묘한 반응을 일으켰다. 다방의 분위기가 차분해지고 무언가 고상해졌다는 소리가 들렸다. 특히 마담은 손님이 없을라치면 내 옆에 앉아서 내가 자주 틀

어 주던 소울(soul) 음악에 대해 묻곤 하였다.

음악에 대한 전문적인 상식은 없지만 나는 소외받고 멸시받던 흑인들의 가련한 영혼이 가슴 밑바닥 저 깊은 곳에서 절규로 터져 나오는 것 같은 소울 음악을 듣고 있노라면 눈물이 절로 나올 것 같다고 했다.

그런 생활이 한 달 정도 지속되다 새로운 DJ가 오면서 자연히 그 생활을 청산하게 되었고 얼마간 빈둥거리다가 나는 서울로 올라갈 결심을 했다. 떠나는 날, 나는 없는 돈에 마담에게 처음이자 마지막으로 차를 한잔 사 주면서 베라폰테의 〈쿠쿠 루 쿠쿠 파로마〉를 신청했다. 구구절절 내지르는 베라폰테의 깊고 우울하면서도 애절한 목소리는 그날따라 유난히 내 가슴을 쥐어뜯는 듯했다.

정처 없이 어디로 떠나야 하는 내 가련한 신세와 맞물려 왈칵 눈시울이 뜨거워 왔다. 나는 눈물을 감추려고 신문지로 얼굴을 덮고 자는 척했다. 딴 곳에 잠깐 볼일을 보고 내 테이블로 온 마담이 지나며 내 얼굴에 덮인 신문지를 치우다 울고 있는 나를 보고는 깜짝 놀랐다. 마담은 말없이 앞에 앉았다. 나는 눈물을 훔치고 자세를 고쳐 앉아 남은 커피를 고개를 숙이고 마시며 절정으로 치닫는 베라폰테의 절규에 귀 기울였다.

눈물 몇 방울이 커피 속으로 떨어졌다. 이제부터 만나야 할 낯선 시간들을 마냥 두려워하며 떠나야 하는 오늘을 나는 언제까지 기억하리라. 안녕이라고 말할 수 있는, 뒤돌아보며 손이라도 흔

들 수 있는 그 무엇도 나는 가지질 못했구나. 목에 가시가 박힌 듯 아파 왔다.

"잘 있거라. 대구여!"

나는 나직이 중얼거렸다. 다방을 나와 그렇게 비감에 젖어 걷는데 누군가가 나를 부르는 것 같아 돌아보니 마담이었다. 마음이 짠해서 밥이라도 같이 먹고 싶다고 했다. 나는 밥 대신 술을 사 달라고 했다. 우리는 돌체로 갔다.

자욱한 담배 연기와 지린내, 지하의 축축하고 음습한 분위기, 떠도는 망명정부의 가여운 영혼처럼 터져 나오는 탄식, 절망은 다른 날과 진배없었다. 막걸리 한 되와 날고구마, 그리고 번데기 안주가 나왔다. '인생은 잡지의 표지처럼 통속하거늘 무엇이 두려워서 나는 떠나는 것일까' 라는 싯구(詩句)처럼 대구의 마지막 밤을 그렇게 돌체에서 보냈다.

약간의 취기를 느끼며 자조의 심정으로 담벼락에 오줌을 갈기면서 올려다본 겨울밤 하늘은 별빛마저 싸늘했다. 개구멍으로 올라탄 기차가 대구역을 출발한 것은 밤 12시였다.

그리움은 한(恨)이 되고 노래가 되고…

　운주사 와불(臥佛)의 팔을 베고 누워 하늘을 보며 '엄마'를 부른 시인이 있다. 그는 말을 배우기도 전에 엄마가 돌아가셨다. 그래서 한 번도 엄마라는 말을 불러 본 적이 없었다. 아마 그는 나직이 그리고 천천히 불렀을 것이다. 그리고 엎드려 흐느꼈을 것이다. 어떻게 생겼는지도 모를 엄마가 얼마나 보고 싶었겠으며, 얼마나 '엄마'라고 불러 보고 싶었을까. 엄마의 팔베개가 얼마나 그리웠으면 부처님의 팔을 베었을까. 그는 아마 한나절은 좋이 그렇게 엎드려 있었을 것이다. 목이 멘다.

　김종삼 시인의 시를 읽으면서도 나는 거지만도 못한 놈이라고 자조를 한다.

조선총독부가 있을 때
청계천변 십 전 균일상(均一床) 밥집 문턱에

거지 소녀가 거지 장님 어버이를
이끌고 와 서 있었다
주인 영감이 소리를 질렀으나
태연하였다

어린 소녀는 어버이 생일이라고
십 전짜리 두 개를 보였다.
_김종삼의 시 〈장편(掌篇) 2〉 전문

비루한 삶 속에 감추어진 순수한 영혼이 애처롭도록 아름답다.

어느 날 노래하는 스님 한 분이 TV에 나왔다. 아버지가 죽고 가세가 기울자 스님은 여덟 살의 어리디 어린 나이로 외할머니 손에 이끌려 절에 들어왔다고 했다. 그때 엄마는 3일에 한 번은 꼭 찾아올 거라고 약속을 했다. 그는 스물세 살이 될 때까지 엄마를 기다렸다. 날이면 날마다 산문(山門)에 기대어 산사(山寺)로 이어지는 산길을 하염없이 지켜보며 엄마를 기다렸다. 어두워져 승방에 돌아와서는 큰 스님에게 꾸중을 들을까 봐 벽장문을 열고 개어 있는 이불 더미에 머리를 파묻고 혼자 울었다고 했다.

산에는 어둠이 빨리 온다. 창문에 부서지는 달빛과 그 달빛을 흔들고 지나가는 바람 소리에 누가 부르는가 싶어 문을 열면 아무도 없다. 절 마당에 뽀얗게 부서지는 달빛에 더욱 서러움이 복받쳐 도반들이 들을까 봐 입을 틀어막고 소리 죽여 울었다고 했다.

생각해 보라. 날은 어둑어둑 어두워지는데 한 어린 소년이 눈물이 그렁그렁한 얼굴로 뒤돌아보며, 뒤돌아보며 가는 애처로운 모습을…….

입을 연신 삐쭉삐쭉거리며 흐르는 눈물을 소매로 훔치며 참다 참다 못해, 종내는 이불 더미에 얼굴을 디밀고 '엄마'를 부르며 엉엉 통곡하는 그 가련한 모습을…….

스님의 노래에는 한(恨)이 묻어 있었다. '엄마 따라 나도 갈래, 나도 갈래…… 아! 우리 엄마 보고 싶어!' 눈을 지그시 감고 부르는 스님의 〈엄마〉라는 노래는 너무 애절해 방청객은 물론 MC까지 눈물을 훔쳤다. 스님은 그 후 엄마를 만났는지는 말하지 않았다. 그러나 그의 눈에 가득한 그리움으로 미루어 볼 때 그 이후 한 번도 엄마를 만나지 못한 것 같았다.

내게도 엄마가 있었고 또 살만큼 살다가 돌아가셨지만 나이가 들면 들수록 '엄마'라는 말에는 눈물이 앞선다. 나는 어머니 살아 계실 때 애살스럽게 그리고 다정하게 대하질 못했다. 나는 불우한 성장기를 보냈다. 그것은 어쩔 수 없는 현대사의 한 격랑이었겠지만 나는 나 같은 처지의 사람들 모두가 그러하지 않았기에 부모형제를 많이 원망했다. 오히려 불퉁스럽게 대한 경우가 더 많았다. 어머니는 고생고생하면서 자식들을 키웠지만 호강 한 번 못하고 세상을 뜨셨다.

생전에 어머니는 칼국수를 좋아하셨다. 넉넉하지 못했던 시절, 나와 누나는 가끔 어머니를 명동에 있는 칼국수 집에 모시고 가

식사를 대접하곤 했다. 음식 자체를 좋아하기도 했겠지만 자식들과 함께 외출하는 기쁨이 더 컸을 거라고 짐작이 된다. 한복을 곱게 차려입고 그렇게 좋아하실 수가 없었다. 차멀미가 심해 버스를 오래 타면 구토를 하는데도 멀미약까지 챙겨 먹고는 기뻐 어쩔 줄 몰라 했다. 그런 외출마저도 자주 하질 못했다. 내 기억으로는 일 년에 한두 번 정도가 고작이었던 것 같다. 부끄럽기도 하고 연민에 가슴이 미어진다.

엄마는 그리움 그 자체다. 아버지가 없으면 한이 사무치지는 않는다. 오히려 그래서 고생하는 엄마에게 그 한이 옮겨 간다. 그러나 엄마 없이는 켜켜이 한이 쌓인다. 두고두고 쌓인다. 그래서 엄마는 우리 인생의 기둥이다.

가끔가다 어머니가 꿈에 나타난다. 무슨 계시를 주는 것도 아니고 그냥 평소에 살아 계실 때처럼 물끄러미 쳐다보기만 할 때가 많다. 꿈이 깨면 가슴이 아프다. 무엇이 불편한가? 한밤중에 그러고 나면 그 이후 잠을 이루지 못한다.

내가 아무리 후회한들 이미 돌아가신 어머니가 다시 내게로 오지는 않겠지만 망칠(望七)의 나이인 지금에서야 생전에 잘해 드리지 못한 걸 후회한다. 나는 신경숙의 『엄마를 부탁해』를 읽으면서도 몇 번을 울었는지 모른다. 나이가 들면 들수록 '엄마' 라는 말에 마음이 마른 가랑잎같이 버석거린다. 나도 어머니 곁에 갈 나이가 되어서인가.

"어머니, 저승에서는 잘할게요."

수필의 언어망과 의미망, 랑그와 파롤

—박양근(문학평론가)

문학은 언어의 조합이다. 작가는 자신이 선별한 언어를 통하여 주제를 전달한다. 시와 소설은 체험을 과장하거나 접근하지 않았던 공간을 작품의 배경으로 삼을 수 있으나 수필은 자신의 생활과 무관한 영역으로 들어갈 수가 없다. 이것은 수필의 문학적 장치가 글을 쓰는 사람이 거쳐 온 시공의 영향을 받는다는 의미다. 그중에서 언어는 가장 중요한 체험의 화소가 된다. 지천명의 단계를 넘을 무렵이면 언어는 인격 그 자체로 변한다. 더할 것도 없고 뺄 것도 없이 작가의 사고와 성정은 언어로 표현된다. 이것은 내면을 반추하는 단어가 다르기 때문이지만 언어를 대하는 태도가 무엇보다 남다른 까닭이다.

현대 언어학자인 소쉬르는 언어를 랑그(langue)와 파롤(parole)로 나눈다. 언어학적으로 설명하면 랑그는 '언어 사용에 관한 사회적 규칙이나 관행'을, 파롤은 '구체적인 상황 속에서 개개의 사람들이 구사하는 말'을 뜻한다. 랑그는 언어 공동체에 내재화되어 언어 활동을 조종하는 규칙이라면 파롤은 말을 해야 하는 상황에 부딪칠 때 발화하는 실제적인 음성 행위인 것이다. 예를 들면 사전에 '겨울나무'나 '밤기차'를 찾아 읽는다면 그것은 랑그이고, 작가가 의미 부여하는 나무나 기차는 파롤인 셈이다. 그러니까 말 그대로가 랑

그이고 내포된 심정과 정서는 파롤이다. 글이 진행될수록 언어망과 의미망의 간극이 생겨나는 이유가 여기에 있다.

랑그가 구체적이라면 파롤은 추상적이다. 작가는 글을 쓸 때 처음에는 랑그를 중시한다. 사전에서 뽑은 언어에 이미지라는 파롤이 첨가되면서 작가의 표현은 매번 달라진다. 작가가 발표한 작품이 독자에게 넘어가면 독자는 처음에는 파롤을 의식하지만 사전적 해석을 빌어 랑그라는 언어 체제에 파롤을 맞추려고 노력한다. 의미망이 언어망으로 되돌아가는 것이다. 작가는 언어망을 의미망으로 확장시켜 나간다면 독자는 의미망을 언어망으로 구체화해 간다. 인간의 언어 소통은 언어 규칙을 통해서만 이루어지기 때문이다. 그래서 소쉬르는 "우리가 구별해야 할 것은 사회적인 것과 개인적인 것, 본질적인 것과 부수적 내지는 비본질적인 것이다."라고 하였다.

언어학은 랑그를 대상으로 할 뿐, 파롤과 관계하지 않는다. 랑그는 언어 사용자에게 분배된 사전과 흡사하므로 실용문의 글쓰기는 문법이라는 체제 안에서 이루어진다. 하지만 문학의 글쓰기 공간은 다르다. 언어학자와 달리 문학인은 파롤도 의식한다. 어쩌면 더 중요시한다고 말할 수 있다. 이미지가 증가하면 의미망은 팽창해 나간다. 프로이드가 의식 속에 숨어 있는 빙산 덩어리인 무의식에 관심을 쏟는 것과 마찬가지로 감수성이 풍부한 작가일수록 랑그보다는 파롤을 중요시한다. 소쉬르가 파롤을 랑그의 도구인 동시에 산물이라고 정의한 것도 이 점을 고려하기 때문이다.

문학은 작가와 독자가 언어를 새롭게 체험하는 일종의 수용 과정
이다. 수용은 동일한 틀에서 새로운 삶을 발생시키는 해석의 일종
이다. 해석이 이루어지면 고유한 ‘인식의 망’ 이 형성된다. 독자는
나름의 ‘인식의 망’ 을 통하여 작가의 언어를 해석한다. 그것은 글
을 쓰면서 읽고, 읽으면서 쓴다는 말과 같다. 작가의 언어망과 독자
의 언어망이 서로 작용하여 다채로운 해석의 층위가 만들어지고 비
평도 그 층위의 일부가 되는 것이다. 이 점을 기억하면서 언어에 대
한 감수성이 바탕이 된 문제작을 선정하여 가독성이 랑그와 파롤에
의하여 어떻게 결정되는가를 살펴보기로 한다.

장기오의 수필은 불교적인 분위기를 깔고 있지만 현실을 초월하
는 피안의 세계라기보다는 본능에 대한 처절한 그리움에 접근한다.
〈그리움은 한이 되고 노래가 되고…〉를 읽어 나가면 인간에게 가장
원초적인 욕망은 구원인가 아니면 다른 무엇인가에 대한 의문의 답
을 저절로 찾을 수 있다.

인간은 태어나서 죽을 때까지 두 욕망을 품고 살아간다. 하나는
유한한 삶에 대한 공포감을 극복하기 위해 초월적 존재에 의탁하
는 것이다. 그것이 종교이다. 기독교, 불교, 이슬람교가 존재하는
이유는 신을 통하여 삶을 이어 가려는 동기에서 출발한다. 종교라
는 랑그는 그 점에서 모두 공통점을 가진다. 동서고금을 통하여 절
대자에 대한 믿음이 변하지 않는 이유도 사전적 명확성을 갖기 때
문이다.

신이 사후를 지배하는 절대자라면 인간이 현실 속에서 의지하고
픈 존재는 누구인가. 자신에게 생명을 준 어머니다. 어머니는 행복
할 때든 불행할 때든 첫 번째 찾는 존재이자 마지막 존재다. 이것도
랑그로서 동서고금을 통하여 절대적 가치를 지니고 있다. 그런데
장기오는 어머니라는 언어 대신 '엄마' 라는 지칭어를 사용한다. 어
머니라는 기표가 지닌 파롤과 엄마라는 발성이 지닌 파롤에는 차이
가 있다. 어머니가 혈연관계를 설정하는 호칭이라면 엄마라는 부름
말은 감성에 의존한다. 엄마를 부름으로써 아이는 의탁자를 찾고,
엄마로 불림으로써 신앙에 가까운 그리움의 대상이 된다. 랑그와
파롤의 차이가 무엇인가를 보여 주는 가장 뚜렷한 예라 하겠다.

서두는 '운주사 와불의 팔을 베고 누워 하늘을 보며 '엄마' 를 부
른 시인이 있다.' 라는 등장인물의 소개로 시작된다. 그 시인을 두고
작가는 '엄마가 얼마나 그리웠으면 부처님 팔을 베었을까.' 라고 말
한다. 장기오에게 종교와 현실은 별개가 아니다. 그에게 종교와 엄
마는 절대적 숭배라기보다는 그리움의 대상으로 동일한 세계를 형
성한다.

이 작품에는 네 명의 어버이가 등장한다. 김종삼 시인의 '어린 소
녀는 어버이 생일이라고/십 전짜리 두 개를 보였다.' 는 시구는 어
버이 생일을 구걸한 거지 소녀의 순수함을 보여 준다. 구걸이 비루
한 행위일지라도 심청이의 언행처럼 혈육을 위한 행위는 애처로울
정도로 아름답다. 마찬가지로, 사모곡을 노래하는 스님도 세상의
모든 것을 버릴지라도 '스물세 살이 될 때까지 엄마를 기다렸다.'

는 모성은 잊을 수가 없다. 그에게 뿐 아니라 생명을 가진 모든 것들에게 모성은 종교를 초월하는 신앙인 것이다. 이러한 세계는 어떤 이성적 논리로도 설명할 수 없다.

스님의 노래에는 한(恨)이 묻어 있었다. '엄마 따라 나도 갈래, 나도 갈래…… 아! 우리 엄마 보고 싶어!' 눈을 지그시 감고 부르는 스님의 〈엄마〉라는 노래는 너무 애절해 방청객은 물론 MC까지 눈물을 훔쳤다. 스님은 그 후 엄마를 만났는지는 말하지 않았다.

스님의 노래를 듣는 시청자들은 동일한 감성에 빠져든다. 그들은 스님이 명창이어서가 아니라 '엄마' 라는 의미망에 갇히기 때문에, 그리고 스님의 숨겨진 사연에 안쓰러움을 품기 때문이 아니라 파롤이 지닌 호소력에 공감하므로 눈물을 흘린다. 앞서 거지 소녀가 장님인 어버이에게 가진 '순수한 영혼' 을 사모곡을 통하여 되찾은 것과 마찬가지다.

장기오는 모성의 그리움을 엮어 내면서 음악이라는 매체를 빌려온다. 문학이 시각 이미지에 의존한다면 음악은 청각에 호소한다. 실제 장기오는 수려한 문장 못지않게 시청각 이미지가 독자의 가독성이라는 수용력을 증가시키고 있다. '나도 나이가 들면 들수록, '엄마' 라는 말에 눈물이 앞선다.' 고 덧붙일 때면 노래를 부르는 스님과 수필을 쓰는 장기오는 우월한 지적 계단에서 내려와 독자와

눈높이를 맞춘다. 나아가 작가는 공감의 발걸음을 더 내딛는다. 도신 스님처럼 '나는 불우한 성장기를 보냈다.' 라는 고백이 그것이다. 이상한 인간관계이지만 불우한 역경에 처해질수록 인간은 신과 어머니에게 더 의지한다. 더 위대하다고 생각한다. 나아가 불행할수록 종교보다는 모성에 대한 그리움에 집착한다. 그것이 그리움과 한의 원천이다.

엄마는 그리움 그 자체다. 아버지가 없으면 한이 사무치지는 않는다. 오히려 그래서 고생하는 엄마에게 그 한이 옮겨 간다. 그러나 엄마 없이는 켜켜이 한이 쌓인다. 두고두고 쌓인다. 그래서 엄마는 우리 인생의 기둥이다.

장기오는 거듭거듭 '엄마' 를 절대적 대상으로 삼으려 한다. 이때 사용하는 호칭은 '어머니' 가 아니고 '엄마' 라는 파롤이다. 신앙도 '인생의 기둥' 이지만 신앙은 사후에 나타나는 추상계이다. 반면에 엄마라는 기둥은 가시적이고 현실적이다. 가시적이고 현실적인 존재는 소멸하면 돌아올 수 없는 유한성을 지닌다. 인간은 유한함으로 나이가 먹어 갈수록 엄마에게 더 큰 그리움을 품는다. 그래서 우리들은 '망칠(望七)의 나이인 지금에서야 생전에 잘해 드리지 못한 것을 후회한다.' 라는 작가의 참회에 공감할 수밖에 없다. 작가 신경숙이 "엄마를 부탁해"라고 말하는 것도 참회의 언술로서 동일한 랑그에 해당한다.

마지막으로 "어머니 저승에서는 잘 할게요."라는 결미를 살펴보도록 한다. 작가가 말하는 사후의 약속은 누구나 할 수는 있으나 지킨다는 보증은 없다. 약속 그 자체로서의 언어에 불과하다. 저승을 지배하는 자는 신이므로 인간은 오직 무력할 따름이다. 당연히 그리움이 깊을수록 한으로 변형해 나간다. 이처럼 장기오의 글은 엄마라는 파롤이 어머니라는 랑그를 어떻게 지배하는가를 극명하게 보여 주는 예에 속한다. 다시 말하자면 인간과 신과의 소통, 인간과 인간과의 결속, 인간과 언어와의 관계가 극히 정제된 색감과 선명한 모티브로 표출되고 있다고 하겠다.

슬픈 불꽃놀이

1980년 초 '이산가족찾기운동'이 전국적인 열풍을 일으키기 전 1970년 중반에, 나는 라디오 PD로 일했다. 그때 나는 한 6개월 동안 흘러간 노래를 틀어 주는 프로를 맡은 바 있었다. 그런 류의 프로는 모든 PD들이 시큰둥하게 생각하는 프로 중의 하나였다.

최신 유행곡을 틀어 주는 프로 PD들에게는 매니저들이 뻔질나게 드나들며 눈이라도 맞추려고 애쓰는데, 죽은 배호가 커피 뽑아 들고 찾아올 리도 없고 김정구 선생이 판 틀어 달라고 찾아올 리 만무한 만큼 심심하기 짝이 없는 프로였다.

나는 그런 프로에 활기를 불어넣으려고 신청곡과 사연을 받는 색다른 시도를 했다. 레퍼토리가 한정돼 있긴 하지만 그런대로 엽서도 오고 사연도 날아왔다.

어느 날, 6·25 때 헤어진 여동생을 찾는다는 엽서가 왔다. 우리는 그냥 의례적으로 사연을 읽어 주고 희망곡을 틀어 주었다. 그

런데 여동생이라고 자처하는 여자에게서 전화가 왔다.

우리는 남자를 불러 스튜디오에서 대기시켜 놓은 나중에 온 여자를 스튜디오로 들여보냈다. 여자는 약간 절면서 스튜디오에 들어와서 남자를 뚫어지게 쳐다봤다. 엉거주춤 서 있던 남자도 여자를 한동안 쳐다보더니 갑자기 여자의 등 뒤로 돌아가 원피스 자락을 들어올렸다. 놀란 여자가 엉거주춤 돌면서 원피스 자락을 움켜잡았다. 그 순간 그녀의 오른쪽 다리 오금에 상처 같은 것이 보였다. 남자의 입에서 황소 같은 울음이 터져 나오는 것과 동시에 와락 여자를 끌어안았다.

"희야, 희야구나!"

"오빠 맞아! 응, 우리 오빠 맞아!"

여자가 울부짖었다.

"그래, 그래 희야. 내가…… 내가, 니 오빠다!"

여자가 무너졌다. 둘은 스튜디오 바닥에 주저앉아 부둥켜안았다.

"왜! 안 왔어? 왜! 그때 다시 온다고 했잖아!"

여자는 오빠의 가슴을 주먹으로 치면서 통곡을 했다. 원망과 서러움에 복받친 울음은 거의 비명에 가까웠다.

6·25 와중에서 남매는 엄마를 잃었다. 어딘지는 모르지만 엄마는 피를 흘리며 숨을 몰아쉬고 있었고 남매는 엄마를 흔들며 울었다. 엄마가 그랬다.

"너희 둘은 절대로 손을 놓지 마라. 헤어지면 안 된다. 이 넓은

세상에 떨어지면 못 산다. 외로워서도 못 산다. 둘이 손 꼭 잡고 살아라. 철아! 동생 먼저 챙겨라. 어서, 어서 가거라. 어서! 저 멀리 도망가거라. 빨리 가거라! 어서!"

엄마는 이미 말이 없었다. 둘은 정처 없이 떠밀려 오다가 동생은 오른쪽 다리에 유탄을 맞았다. 피를 흘리며 아프다고 비명을 지르는 어린 동생을 힘겹게 들쳐 업고 근근이 강원도 고성 근방 어느 집에 정착을 했다.

다리 상처가 나은 얼마 후 오빠는 그 집에 남고 동생은 또 다른 집으로 가야 했다. 울며 떨어지지 않으려고 발버둥쳐 봤지만 어린 그들의 힘으로는 불가항력이었다.

그해 가을, 오빠가 살던 집에 잔치가 있었다. 자기 몫으로 먹으라고 나온 떡을 한 입 베어 먹다 오빠는 목이 멨다. 어린 동생을 두고 도저히 혼자 먹을 수가 없었다. 목구멍으로 올라오는 군침을 간신히 참으면서 떡을 소중히 싸들고 한나절을 걸어 동생이 살러 간 집을 찾아갔다.

동생은 우물가에서 물을 긷고 있었다. 오금의 상처 때문에 절뚝거리며 물동이의 물을 반이나 흘리면서 얼마나 길러 다녔는지 정수리의 머리는 듬성듬성 빠져 있었고 얼굴은 새까맣게 그을려 차마 볼 수가 없었다. 예쁘고 귀엽던 일곱 살의 여리고 어리던 동생의 모습은 어디에도 찾을 수가 없었다. 오빠 역시 열 살의 어린 나이였지만 그런 동생이 너무 불쌍해 부둥켜안고 한참을 울었다. 더위에 이미 반이나 쉬어 버린 떡을 울먹거리며 동생에게 먹이며

또 올 거라고 했다.

1·4 후퇴가 시작되면서 오빠는 동생을 찾으러 살던 집을 떠났
다. 동시에 동생도 오빠를 찾으러 오면서 수많은 피난민 속에서
길이 엇갈려 버렸다. 그리고 30여 년이 흘렀다. 오빠가 물었다.

"그동안 어떻게 살았니?"

오빠는 그런대로 괜찮아 보였지만 여동생은 여자라고 하기에
는 팔뚝은 남자의 팔뚝처럼 굵었고 얼굴은 햇빛에 그을려 검붉
었다. 몸 전체에 노동의 피로가 덕지덕지 앉아 있었다. 동생이 그
랬다.

"나는 오빠가 날 버린 줄 알고 많이 원망했었어."

"내가 너를 어떻게…… 어떻게 잊을 수 있겠니? 너를 찾으려고
고성 근처를 수도 없이 갔었어."

"그랬구나?…… 그랬구나!"

동생은 흐느끼며 눈물만 흘렸다.

"어머니 말을 잊을 수 없다. 무슨 일이 있더라도 동생 먼저 챙기
라고 한 어머니의 마지막 말을……."

오빠는 말을 맺지 못했다.

"어느 다리 밑에서 내가 배고프다고 우니까, 오빠가 어디서 주
먹밥 한 덩이를 얻어 와 주기에, 나 혼자 허겁지겁 다 먹었던 기
억이 나. 지금 생각하면…… 오빠도, 오빠도 배가 많이 고팠을 텐
데……. 그때 오빠의 무릎을 베고 누워 하늘에 수도 없이 터지는
불꽃이 참 아름답다고 생각하면서 잠이 들었어. 지금이 그때의

안락한 기분 그대로야. 오빠가 옆에 있어서 너무 편안하고 행복해!'

우리는 흔히들 운명이라고 말하지만 만약 그들 인생에서 그런 재난이 없었다면 그들은 귀한 아들딸로 자라 남부럽지 않은 삶을 살았을 것이다. 그 지난(至難)한 세월을 다시 되돌릴 수 없기에 그들의 설움은 더욱 깊을 수밖에 없었으리라.

그들 남매는 서로 부둥켜안고 떨어질 줄 몰랐다. 나도 울었고 엔지니어도 울었다. 그들의 깊은 슬픔을, 그 한을 어찌 다 알 수 있겠냐만은 그때 나는 알았다. 진실만이 사람을 감동시킬 수 있다는 사실을. 나는 드라마 제작을 해 오면서 이런 아름다운 진실만을 추구하려고 노력했다. 시청률을 위해 혹은 허명(虛名)을 위해 진실을 왜곡하거나 억지를 부리지 않았다. 진실하도록, 진정으로 진실하도록 노력했다.

* 이 글은 2010년 2월 4일자 『조선일보』 '에세이' 란에 〈내 인생을 바꾼 남매〉라는 제목으로 실렸던 글이었으나 일부 수정하였습니다.

절망의 냄새

택시가 코너를 도는데 어딘가 낯익다. 내가 기사에게 물었다. 저 건물이 뭐냐고. 기사가 그랬다. 옛 중앙상고라고. 나는 서울 갈 기차 시간이 빠듯했지만 택시에서 내렸다. 학교 앞을 돌아 방천으로 흐르는 냇물이 사뭇 옛날 그대로였다. 16살 때의 그 아득한 절망의 기억들이 떠올랐다. 오랫동안 그 골목을 바라다 보았다.

아침이면 화장실 앞에 줄을 서서 서로 악다구니를 주고받았으며, 냇가에는 함부로 버린 분뇨와 구정물이 뒤섞여 썩는 냄새가 진동을 했다. 안개 자욱한 아침이면 눅눅한 습기에 실려 오물 냄새가 진드기처럼 달라붙어 사람들을 불쾌하게 했다. 밤마다 고종 조카는 이불에 오줌을 쌌고 나는 그 지린내를 조금이라도 피해 보려고 여름에도 두꺼운 겨울 이불로 온몸을 감싸고 비지땀을 흘리며 잤다. 겨울에도 지린내가 빠지라고 온종일 방문을 열어 놓

아야만 했다. 그때 나는 고모가 대구로 유학 온 손주 밥해 주려 와 있는 셋방에서 염치도 없이 공짜 밥을 얻어먹고 있었다. 누구의 도움 없이는 도저히 빠져나갈 수 없는, 어디에도 출구가 보이지 않았던 시절이었다.

그러던 어느 날, 지린내를 피해 시꺼먼 구정물이 흐르는 냇가를 어슬렁거리고 있는데 동네 할머니 한 분이 내게 다가왔다. 내가 그래도 알아줄 만한 학교에 다닌다는 사실을 안 그 할머니는 자기 집에서 손자와 같이 공부할 의향이 없느냐고 물어왔다. 지린 내와 결별할 수만 있다면…… 나는 얼씨구나 승낙을 했다.

그는 시골에서 전학을 와 또래들보다 많이 처져 있었다. 그는 학교보다 주로 학원을 전전하면서 모자라는 실력을 보충하고 있었다. 나는 그가 그렇게 학원으로 떠도는 시간을 그의 방에서 편안하게 잠을 잘 수 있었고 그가 끙끙거리는 수학 문제를 해결해 주곤 했다. 둘 다 들어가고자 하는 학교는 같았지만 내가 볼 때는 그건 그의 그냥 희망사항에 불과해 보였다.

더럽고 냄새나는 수채물이 흘러나오는 그 골목 끝자락에 또래의 여학생 하나가 살고 있었다. 그는 그 여학생에게 눈독을 들이고 있었지만 그녀는 어림도 없었다. 그가 그녀에게 다가갈 수 있는 유일한 통로는 원하는 학교에 보란 듯이 들어가는 것이었다. 그는 그녀를 위해 정말 열심히 공부했다. 그럼에도 불구하고 합격자 발표가 나던 날 그는 짐을 쌌다. 이불 보따리를 메고 해가 뉘엿뉘엿 넘어가는 좁고 지저분한 골목을 빠져나가는 그가 너무

무겁고 쓸쓸해 보였다. 나 역시 배고픔을 참지 못하고 5개월 후 휴학을 하고 시골로 내려갔다.

수십 년의 세월이 흐른 어느 날 그에게서 연락이 왔다. 출장길에 바다가 보이는 횟집에서 만난 그는 중년의 푸근함과 여유가 엿보였고 재력도 상당해 보였다. 술이 몇 순배 돌자 그는 몽롱한 눈으로 허공을 쳐다보며 중얼거리듯 말했다. "수모 때문에, 그 수모 때문에 이 악물고 돈 벌었다."고 했다. 처음에 나는 그 말이 무엇을 뜻하는지를 몰랐다. "J 말이다."라고 그가 이름을 불렀을 때 비로소 '골목길 끝집의 그 여학생'을 지칭하고 있다는 것을 알았다.

그 여학생은 고종 조카 친구의 사촌 누나였기에 그녀의 소식을 들은 바 있었다. 그녀는 대학 진학도 못하고 어린 나이에 서독 간호원으로 갔다. 시체 닦는 일부터 시작한 그녀들은 무서워서 울고, 서러워서도 울었고, 비위가 뒤틀려 먹은 것을 다 토해 내고 이렇게밖에 살 수 없는 그녀들의 신세가 너무 처량하고 불쌍해 다시 서로 부둥켜안고 울었다고 했다.

휴일에도 외로움을 달래려고 삼삼오오 모여 수다를 떨다가도 부모 이야기가 나오고, 고향 이야기가 나오면 기어이 한바탕 울음을 터뜨렸고 그 서러움도 지친 끝자락에 누군가가 나지막하게 "나의 살던 고향은 꽃피는 산골……." 하고 부르면 모두들 따라 부르다 끝내는 바람벽에 얼굴을 묻고 터지는 울음을 종주먹으로

틀어막으며 오열했다고 했다.

얼마나 외로웠겠으며, 얼마나 부모형제가 보고 싶었겠는가? 그러나 그녀가 벌은 돈은 그녀가 그렇게 가고 싶어 하던 대학에 그녀의 동생들을 보낼 수 있었으며 한층 살기가 나아졌다는 집안 소식을 들을 때마다 그녀는 고생을 보람으로 여기며 악착같이 살았다고 했다.

어느 정도 일에 익숙해지자 고국에 돌아가면 늦은 나이지만 대학도 가겠다며 입시 참고서를 사서 보내 달라고까지 했다는 것이었다. 그러다 송금이 끊어졌다. 그녀가 죽었다는 기별이 왔다. 누구 하나 지켜봐 주는 이 없이 스물 몇 살의 꽃다운 나이에 먼 이국땅의 고혼이 되고 말았다. 원인에 대해 조카의 친구는 함구했다. 흰 칼라의 교복이 언제나 단정한 그녀의 둥글고 까무잡잡한 얼굴을 기억난다며 그는 허탈해했다.

우리는 30년 만에 만났고 나는 여전히 가난한 월급쟁이에 불과했지만 그는 돈푼깨나 있는 사업가였기에 그 시절을 회상하며 때로는 배를 잡고 웃기도 하고 때로는 서로 얼싸안기도 하고 때로는 쌍소리를 해 가며 대작을 했다. 밤이 깊어 감에 따라 술집을 옮겨 노래도 하고 부둥켜안고 춤도 추었다.

술도 깨고 목도 쉰 신새벽, 우리는 해운대 백사장으로 자리를 옮겼다. 포장마차에서 다시 술을 시키고 그가 그랬다. "죽은 J의 영혼을 위하여!"라고 건배 제의를 했다. 가볍게 부딪힌 술잔을 단번에 들이킨 그는 다시 한 잔을 따라 백사장 위에 뿌리면서 "잘

가시오.” 하고 짧게 한마디 했다. 그리고 한마디 덧붙였다.

“자랑 한번 하고 싶었는데, 폼 한번 잡고 싶었는데…….”

그의 눈에 언뜻 이슬이 비쳤다.

어린 나이에 스스로 가난의 재물이 되어 먼 이국땅에서 죽어 간 그녀의 넋을 위해 우리는 술을 마셨다. 살아 있는 자들은 죽은 자를 위한다고 하지만 실은 살아 있는 우리들을 자축하는 것이리라. 그러나 가슴 밑바닥에 깔리는 슬픔의 찌꺼기는 새벽이라고 해서 온전히 씻어지지는 않았다. 오히려 비릿한 냄새에 실려 밤새 토악질을 한 오물 냄새가 해풍에 실려 왔다. 그가 고개를 들어 부서지는 파도를 망연히 바라다보았다.

절망에도 냄새가 있다면 이런 냄새, 이렇게 썩어 가는 냄새이리라. 무엇이 되어 다시 만난 우리들은 그 시간에, 그 옛날의 그 절망의 냄새를 맡고 있었다.

새디스트 싱(saddest thing)

명절 전날 간신히 차표를 구해 고향 근처까지는 갔지만 연결 차가 끊겨 고향을 지척에 두고 타향이나 다름없는 도시에서 하룻밤을 보내야 할 경우가 있다. 요즘이야 교통이 발달하여 그런 경우는 없지만 얼마 전까지만 해도 그런 경우가 흔했다.

중소 도시의 모든 상가들은 다 철수를 하고 가로등마저 꺼진 쓸쓸한 거리를 지나 도시의 한 귀퉁이에 자리 잡은 초라한 술집에서, 고향이 없어 가고 싶어도 못 가는 서글픈 여자가 심란한 마음이나 달래려고 문을 열고 호젓이 앉아 있는 그런 술집에서, 술을 마셔 본 일이 있는가?

그날 비라도 추적추적 내리면 더욱 좋고 황혼이 좋은 시간이라도 상관없다. 창밖으로 항구가 보인다면 더욱 낭만적일 것이고, 30촉의 알전구가 희미한 실내장식이 단순한 술집이라면 그 소박함이 그대들 마음 같아 더욱 좋을 것이다. 거기다 술집 여자가 그

근처 그 어디쯤에 잠시라도 살았다면 공유하던 것들이 반드시 있기 마련이고 그러다 보면 잊었던 향수를 달래기에도 안성맞춤일 것이다.

대개 고향에 못간 사람들의 사연들은 절절하다. 여자의 이야기를 들으면서 인생살이의 고달픔을 반추하다 보면 자신의 삶, 또한 여의치 않음에 이르러 서러움에 복받쳐 눈시울을 적시게 될 것이다. 거기다 뱃고동이라도 두어 번 길게 울어 준다면 길 떠난 자의 감상과 겹쳐 그 옛날, 지금은 얼굴도 희미한 헤어진 여자가 생각나고, 온갖 난관을 헤치며 살아온 자신의 인생 또한 느닷없이 불쌍해져 눈물이 없어도 마음으로 흐느끼게 될 것이다.

우리들 인생이 누군들 순탄할 리야 있겠냐마는 어느 날 느닷없이 다니던 회사에서 나가라고 종용을 받았을 때나, 퇴직하여 돈을 못 벌어 온다는 이유만으로 가족들에게 마치 카프카의 『변신』에서의 벌레처럼 취급당할 때, 별 능력도 없어 보이는데 정권이 바뀌어도 변함없이 높은 자리를 지키며 거들먹거리는 친구들을 볼 때, 우리는 자꾸 갈증이 나고 스스로가 부끄러워져 자꾸만 고개를 떨어뜨린다.

그때서야 비로소 인생은 그 누구 것도 아닌 자신만의 것이라는 걸 깨닫게 되고 그 누구에게도 구원받을 수 없고 위로받을 수 없으리라는 절망감을 느낀다. 그런 경우 대개는 세상과의 결별을 시도한다. 누구는 한강에 투신하기도 하고 또 누구는 산사(山寺)에 들어가기도 하며 모씨는 시골에 집을 짓고 은둔한다. 또 어떤

이는 낯선 도시로 헤매고 다니기도 하고 정처 없이 차를 몰고 기약 없는 여행을 하는 자도 있다. 그렇게 결별하는 것도 괜찮으리라.

그러면 눈에 안 보이는 것들이 들어오고 평소에 하찮게 여겼던 것들이 그렇게 귀해 보일 수가 없을 것이다. 자신을 되돌아보는 계기도 될 수 있고 감상에 젖어 볼 수 있는 시간이기도 하다. 이기적이지 않았던가? 사악(邪惡)하지는 않았던가? 불의와 타협하지는 않았던가? 아내에게, 자식에게 일을 핑계로 무심하지 않았는가를 반성하고 자책한다. 아무리 술을 못 마시는 사람이라도 이럴 때는 술이 마시고 싶어진다. 낯선 도시의 골목을 헤집고 다니며 호기를 부리기도 하고 창녀의 품에 안겨 울기도 한다. 잘 살았다고 자부했는데 종점에 와 보니 너무 허무하기 때문이다.

늦은 밤, 술에 취해 전봇대를 붙잡고 토악질을 하는 남자는 슬프다. 갈 곳이 없어 이 술집 저 술집으로 방황하는 남자 역시 슬프다. 갈 곳이 없어서가 아닐 것이다. 마음을 눕힐 데가 없기 때문일 것이다. 꼭 통곡을 해야만 우는 것이 아니다. 속을 비워 내는 행위가 울음이다. 다 비워 냈을 때 비로소 마음이 편안해진다. 이것은 익숙함과의 이별이다. 지금까지 살아온 모든 행위와의 결별이다. 자존심, 지위, 권위 그가 지금까지 행해 온 그 어떤 것들과도 이별인 것이다.

나이가 들면 이별하는 연습을 하자. 그래서 편안한 얼굴로 세상을 바라보고 따뜻한 마음으로 자신을 다시 돌아볼 수 있어야 한

다. 하늘 아래 가장 슬픈 것은…… 익히 알고 있는 모든 것들과의
결별(And the saddest thing under the sun, above is to say good
bye…… all the thing that I have known)이라고 우수 짙은 낮은
목소리로 노래하는 멜라니 샤프카(Melanie Safka)의 '새디스트
싱' 이 심금을 울리는 이유다.

혼자 밥 먹는 남자

그의 부인이 죽었다는 연락이 왔다. 젊었을 때 나와 골목을 사이에 두고 대문을 마주하며 살았기에 서로 왕래가 잦았다. 그는 당시 잘 나가던 방송작가였다. 인기 작가는 아니었지만 정통극(正統劇)만을 고집하는 의식 있는 작가로 평가받았다. 주로 특집극이나 사극을 많이 집필하였고 주간 단위의 사극을 매주 집필하기도 해 돈도 제법 많이 벌었던 것으로 알려졌다. 그때 나는 그 사극의 조연출을 맡고 있었기에 녹화가 끝나면 같이 퇴근하다 술도 많이 마시곤 했다.

그는 객기가 좀 있었다. 하루는 밤 12시가 넘어 곤한 잠에 빠져 있는데 누가 대문을 차면서 내 이름을 불러 대는 것이다. 나는 놀라 벌떡 일어났다. 그 작가였다. 나는 밤중에 불려 나가 골목 어귀 구멍가게에서 술을 마셔야 했다.

나도 복수의 기회를 엿보다 어느 날 일이 늦게 끝나 12시가 넘

어 들어오게 되었는데 나도 며칠 전 그 작가가 내게 그랬듯이 작가의 이름을 크게 부르며 대문을 발로 찼다. 그날 나도 자는 그를 끌고 나와 새벽까지 술을 마셨다. 그런 장난은 한동안 계속되다가 그 부인의 만류로 실없는 장난은 없어졌지만 우리는 간단없이 몰려다니며 술을 마셔 댔다.

그렇게 세월이 흘렀다. 방송이 통폐합되고 시청률 경쟁이 본격화되면서 그의 이름도 화면에서 점점 뜸해졌다. 새로운 젊은 작가의 출연도 그렇지만 치정, 복수, 폭력, 불륜 등의 드라마들이 브라운관을 점령하면서 정통 작가들의 입지는 점점 좁아 들었다.

전업 작가들은 글을 써서 먹고산다. 글을 쓰지 못하면 수입이 없다. 한때 많이 벌었다고 하지만 그걸로 수십 년을 먹고 살 수는 없다. 연금이 있는 것도 아니고 그렇다고 젊었을 때 벌었던 돈으로 평생 먹고 살 만큼 당시의 고료가 지금처럼 천문학적이지도 않았다. 그저 남들이 조금 부러워할 정도였다.

방송가에서 이제 더 이상 그의 얼굴을 볼 수가 없었다. 어렵게 산다는 소문이 간간이 들려왔다. 우리도 젊은이들에게 밀려 연출 일선에서 물러나 하릴없이 빈들거리며 사는데 위로할 처지도 못되었다. 그렇게 궁색하게 살더니 그의 부인이 먼저 세상을 떴다. 빈소에서 만난 그는 홀쭉하게 말라 애처로울 정도였다. 나이 70이 넘어 혼자가 되었다. 자식도, 딸 하나마저 먼저 보내고 딸자식하나만 있다. 딸 옆으로 이사를 가야 하지 않을까 하고 말하는 그의 어투의 쓸쓸함이 듣는 사람을 눈물겹게 했다.

나이가 젊은 것도, 그렇다고 돈이 많은 것도 아닌 그가 새삼 새로운 동반자를 구할 수 있는 것도 아니리라. 이제 그는 혼자서 밥을 먹어야 할 것이다. 혼자 밥 먹어 본 사람은 알리라. 그 짓이 얼마나 구차한 행위인지를. 귀찮아서 김치 한 조각에 식은 밥 한 덩이를 삼키다 문득 그는 목이 메고 말 것이다.

어둠살이 안개처럼 펴지는 저녁 창가에 서서 한낮이 지나면 밤이 오듯이 우리들 인생 또한 그렇게 끝나고 말리라는 데까지 생각이 미치면 참았던 눈물을 쏟아 내고 말리라. 한밤중에 자다가 잠이 깨면 혼자라는 걸, 곁에 누구도 없다는 걸 새삼스러워하며 기어이 술을 홀짝거릴지도 모른다.

그동안 아내의 병간호가 힘에 겨웠던 건 사실이지만 그래도 그때는 아내와 살이(生)가 힘들 때를 회상하며 서로 위로하기도 하고, 살아온 삶에 대해 후회도 하며 뒤늦게 아내에게 용서도 빌었으리라. 그러나 이제 아무도 그에게 말 걸어 주는 사람도, 그를 원망하는 사람도 없을 것이다. 종일을 있어도 여일할 것이다.

귀에서 바람 소리가 난다. 적막하면 귀에서 바람이 분다. 그 적막 속에, 그 바람 속에 그는 이제 살아가리라. 그 누구도 그에게 위안의 따뜻한 말 한마디 건네지 않으리라. 그는 그걸 견뎌 내야 한다.

딸이 이웃에 살면서 밑반찬 같은 건 챙겨 주리라. 그렇다고 그가 그걸로 혼자 사는 외로움이 덜어지지는 않을 것이다. 사람을 못 견디게 하는 건 배고픔이 아니라 외로움이기 때문이다.

인기 작가는 아니었지만 그래도 한 시대의 대표적인 드라마를 집필했던 작가들이 이렇게 초라하게 사라져도 되는 것일까? 방송에는 존경받아야 할 작가도 없고, 남겨져야 할 명작도 없다. 막장 드라마라고 비난을 받았든 유치하다고 비웃음을 받았든 그저 시청률로만 평가한다. 그래서 방송에는 클래식이 없다.

요즘에는 '방송 문화'라는 말도 사라졌다. 모두들 하나같이 '방송 산업'만을 말한다. 방송은 문화가 아니라 돈을 벌어들이는 산업이라는 인식이다. 그러나 문화를 동반하지 않는 경제발전은 야만에 불과하다는 어느 경제학자의 말을 우리는 기억해야 할 것이다.

생의 한 바다에 홀연 내동이쳐진 늙은 남자의 외로움을 생각한다. 나 역시 적막하긴 마찬가지지만 이렇게 한 시대가 소리 없이 사라져 간다는 것이 안타까울 뿐이다.

빈소는 설렁했다. 이미 나이가 들대로 든 몇몇의 PD들과 한물간 탤런트 몇몇이 둘러앉았을 뿐이다. 우리는 미안해서 좀처럼 일어날 수가 없었다. 시원찮은 안주로 들이킨 소주로 얼굴이 벌게져 몇몇은 흥분을 하고 또 몇몇은 말없이 술만 들이켜고 있었다.

우리는 적당한 핑계를 대고 빈소를 나왔다. 바람이 차가웠다. 강 쪽에서 불어오는 바람이 돌개바람이 되어 주차장 광장의 먼지를 말아 올리고 있었다. 미상불 이렇게 늙어 가고 사라져 갈 우리들의 운명이 처량해서인지 모두들 얼굴을 숙이고 말없이 광장을 걸어 나왔다.

장기오 수필의 감동 코드

유 한 근
(문학평론가 · 디지털서울문화예술대학교 교수)

1. 타 인간에 대한 이해 모드, 특히 노마드 의식에 대한

장기오 수필은 서정적이다. 슬프다. 소설적 내러티브가 있다. 영상이 있고 인문학적이다. 그것은 생태적이고 원체험 때문인가? 아니면 떠돌이적 기질 때문인가? 이러한 생각을 느낀 것이 늘 나의 의혹이었다.

'떠돌이' '유목민' '유랑자' 혹은 '신유목인' 이란 말로 번역 사용하는 '노마드(nomad)' 는 들뢰즈(Gilles Deleuze)에 의해서 자리매김한 용어이다. '노마드' 는 들뢰즈가 노마드의 세계를 '시각이 돌아다니는 세계' 로 묘사하면서 현대 철학의 개념으로 자리 잡은 용어이다. 노마드란 공간적인 이동만을 가리키는 것이 아니라, 버려진 불모지를 새로운 생성의 땅으로 바꿔 가는 것, 곧 한자리에 앉아서도 특정한 가치와 삶의 방식에 매달리지 않고 끊

임없이 자신을 바꾸어 가는 창조적인 행위를 뜻하기도 한다. 작가 장기오의 자연인으로서의 삶이었던 드라마 연출이라는 직업에서 오는 것은 아닐까? 그의 신유목민적 기질은 영상매체인 TV 드라마와 관련된 제 분야를 넘나들며 새로운 삶을 구현하는 영상 사유의 여행 때문인지도 모른다. 특정한 개념의 범주에 존재자들을 가두지 않고 방목하고자 했던 것이 들뢰즈의 노마드적 존재론의 범주 속의 것일지도 모른다. 이를 문학의 영역으로 가져올 때 수필이라는 장르의 특성과 유사하다 할 수 있을 것이다.

이 자리에서 나는 철학 이야기를 하자는 것이 아니라, 장기오의 수필에서 자신과 작가가 바라보는 타인에 대한 이야기 속에서 노마드적인 의식을 먼저 짚어 보고 싶어서이다. 나는 장기오의 첫 수필집 『나 또한 그대이고 싶다』에서 그의 작품세계를 조망한 에세이 〈소설적 문체, 극적 구성, 그리고 우리 시대의 쓸쓸함과 새 지평〉에서 이렇게 말한 바 있다. '기존의 수필에 대한 모반이며, 장르 해체 시대를 조장하는 수필의 자리매김을 전위적으로 실천하고 있는 수필'이라 말하며, 시적인 문체, 소설적인 드라마틱한 구성 미학에 대해서 조야하나마 검토했다.

한국 소설에서 떠돌이의 삶을 그린 소설의 대표적인 제재 전통은 이효석의 〈메밀꽃 필 무렵〉과 황석영의 〈삼포 가는 길〉일 것이다. 50년대의 장돌뱅이, 70년대의 노동자 그리고 지금 우리 시대에 대표적인 노마드는 '노숙자'일 것이다. 이에 관한 수필이 〈누군가 나를 부르고 있다〉이다. 소설의 제재 전통 속에 수필의 모티프를

대입시키는 것은 그의 수필의 특성인 내러티브 때문이다.

　고개를 돌려 주위를 보는데 갑자기 쏴 하고 빗소리가 되살아났다. 다시 길을 가려는데 무언가가 자꾸만 뒤통수를 당긴다. 누군가? 누가 나를 부르는가? 아니면 내가 무엇을 잃어버렸나? 무엇을 두고 왔나? 왜 이리 뒤가 당기지? 그도 저도 아닌 것 같다. 가만히 서서 고개를 숙이고 귀를 기울인다. 빗소리만 들렸다. 고개를 돌렸다. 그때 비로소 물체 하나가 눈에 들어왔다.
　버스 정류장 노천 벤치에 누가 잃어버리고 간 물건인지 모를 물체 하나가 눈에 들어왔다. 나는 뒤돌아가 그 물체 앞에 섰다. 사람인 것 같기도 하고 어떤 물체인 것 같기도 했다. 나는 그 물체를 가만히 건드려 보았다. 어! 사람이었다. 내가 건드리자 판초우의 같은 걸 뒤집어쓴 남자는 빠끔히 얼굴을 내밀었다. 빗물에 젖어서인지, 아니면 울고 있는 건지 알 수는 없지만 얼굴은 온통 젖어 있었다. 아니 전신이 다 젖어 있었다. 그리고 그는 덜덜 떨리는 온몸을 이를 악물고 간신히 추스르고 있었다. 서울역에서 노숙자들을 쫓아낸다 하던데 그새 그랬던가?
　—수필 〈누군가 나를 부르고 있다〉 중에서

　위의 인용문처럼 수필 〈누군가 나를 부르고 있다〉는 문체조차도 소설 문채(文彩)이다. 전개되는 상황 묘사까지도 소설적이다. 그리고 이 수필은 한 노숙자의 벽에 쓴 시까지 결말 부분에 인용

해 놓았다. 보수적인 수필가들에게는 문법처럼 생각하는 수필 작법을 차용하고 있는 것이다. 또한 '세상은 한순간에 깨어나는데 삶에 지친 그 노숙자는 어디에서 무엇을 할까? 점심 겸 반주로 마신 술이 또 세상을 흐릿하게 한다. 새삼 삶의 무게가 어깨를 누른다.'로 작품의 끝을 맺고 있다. 이 또한 작가는 직접적인 주제 전언을 하지 말아야 한다는 금기 사항을 지키고 있지 않다. 노숙자에 대한 연민, 혹은 우리 사회에 대한 관심과 고통스러운 우리 삶을 메시지로 한다고 오해받을 수 있기 때문이다. 그러나 이 수필에서 작가가 말하고 싶은 것은 '내가 연출했던 작품들이 벌써 잊혀지고 있다.'는 사실과 '내가 피 흘린 만큼 내 삶의 흔적으로 존재할 수 있을까? 라는 삶의 무상과 회의, 그리고 '한없이 깊어지는 적요, 혹은 고독' 감을 표현하고 있는 수필로 이해해야 될 것이다. 우리 삶이 그러하듯. 떠돌이, 노마드의 삶이 그러하듯. 작가가 사유한 삶 혹은 인간에 대한 이해의 단편이 그것이다.

　소주 한 병이 다 비었을까 갑자기 입구가 떠들썩해지면서 문이 거칠게 열렸다. 그 바람에 바다의 비릿한 냄새와 짭짤한 소금기가 식당 안을 확 덮치면서 뒤이어 남녀가 엎어지듯 밀려 들어왔다. 다소 투박하게 보이는 남자가 성큼성큼 들어오고 뒤따라온 여자는 이미 술이 취한 듯 눈동자는 풀려 있었고 얼굴은 벌겋게 상기되어 있었다. 머리는 심하게 헝클어져 있었으며 옷맵시도 단정치가 못했다.

　―수필 〈어떤 이별〉 중에서

수필 〈어떤 이별〉은 드라마 촬영 헌팅 중 어느 항구에서 본 떠돌이인 듯한 남녀의 모습을 그린 수필이다. 이 수필은 위의 인용 문처럼 바닷가 식당에서 본 남자와 여자의 이별을 통해서 그들의 '지독한 사랑'을 이해한 수필이다. 술집 여자인 듯한 '논다니'와 떠돌이 인생 같은 남자의 '뜨거운 이별'의 모습을 보면서, 이 수필의 끝 문장 '나는 가슴이 미어지고 있었다.'에서 보듯이 작가는 그들에게 연민을 느끼는 수필이다.

나는 기회 있을 때마다 문학은 인간에 대한 이해라고 말하고 있다. 이 말을 동어반복하는 이유는 어떤 문학작품들은 인간의 삶으로부터 유리되어, 인간의 본질이나 삶의 본체 해명보다는 지극히 형이상학적이고 관념적이며 지적 유희로 흐르고 있기 때문이다. 또한 인간 삶의 표피적인 현상만을 그리고 있기 때문이다. 애써 드러내지는 않고, 힘주어 말하지는 않지만 우리 삶의 모습을 그리면서도 인간이 무엇인가 그리고 그 삶은 어떤 것인가를 감동적으로 보여 주었으면 하는 생각이다. 작가 장기오의 수필은 이 국면에서 우리의 기대를 배반하지 않는다. 아래의 수필 〈죽은 황녀를 위한 파반느〉도 마찬가지이다. 이 수필도 한 인간에 대한 장기오의 이해를 볼 수 있다.

그녀는 또 끊임없이 사랑을 갈구했다. 사실인지 아닌지 확인할 방법은 없었지만 이미 문단에 알려진 꽤 유명한 한 소설가를 그녀는 사랑했다. 당시 남자가 여자를 쫓아다니는 일이야 흔히 있을 수 있

는 일이지만 여자가 남자를 쫓아다니는 일은 세간의 화제가 되는 일이었다.

누가 물어보면 그녀는 아주 슬픈 얼굴로 알려고 하지 말아 달라고 부탁하곤 했다. 그런 날은 술을 엄청 많이 마셨다. 그리고는 며칠 잠적해 버리곤 했다. 때로는 절에 가 있기도 하고 때로는 바다가 보고 싶어 부산에 다녀왔다며 나타나곤 했다.

(…)

그녀가 그토록 찾아 헤매던 그 무엇의 정체는 무엇이었을까? 그리워 잠 못 이루고 뒤척이게 한 그녀의 이상(理想)은 또 어떤 것들이었을까? 그녀가 죽었거나 사라져 버렸다면 이제는 더 이상 아무 것도 얻을 수 없으리라는 그런 절망감에서가 아닐까.

—수필 〈죽은 황녀를 위한 파반느〉 중에서

이 수필은 '그녀는 그때 그 도시의 어디든지 있었다.' 로 시작된다. 향촌동 술집에서 본 여자이지만, 이런 류의 여자들이 많을 수 있다는 사실을 전제하는 셈이다. 따라서 이 수필은 이러한 성격의 여자, 즉 루이제 린저와 전혜린을 좋아하는 여자에 대한 이해를 작가 나름의 이해 방식으로 쓴 수필이다. 위의 인용문의 뒷부분에서 쓴 그녀의 '방황의 정체' '이상' 과 '사랑' 그리고 '절망'은 무엇일까에 대한 의혹과 해명이 그것이다. 이러한 문제는 특정한 그녀의 경우에만 해당되는 문제가 아니고 지금 이 시대의 여자들에게도 해당되는 삶의 근본 문제이기 때문에 문학적 가치

가 있는 것이다.

젊었을 때 나는 장돌뱅이처럼 세상을 떠돌았다. 한 달에 20일 이상을 보따리를 싸들고 이 도시, 저 항구로 배회했다. 내가 그렇게 떠돌면서 느낀 것은 절경(絶景)이란 마음에 있지 풍경 그 자체가 아니라는 사실이다.

로망의 기억이 생생한 어느 공원, 떠나 버린 애인의 뒷모습이 생각나는 어느 해변의 쓸쓸한 일몰, 어머니의 꽃상여가 나가던 봄꽃의 동산, 그 허무한 낙화. 이렇듯 마음에 있는 곳에 정감이 담긴다.

천하의 절경일지라도 내 추억이, 내 가슴이 담기지 않으면 별 의미가 없다. 또 의미가 있는 곳은 기존의 의미로 인해 가슴에 닿는다. 랭보가 '미라보 다리 아래 세느강이 흐르고 우리들의 사랑도 흐른다.'고 노래했기에 사람들은 다리 위에서 걸음을 멈추고 감격스러워한다. 난정(蘭亭)도 우군(右軍, 왕휘지)이 없었다면 무성한 숲, 긴 대나무 밭에 지나지 않았으리라.

　─수필 〈내가 방랑자로 떠돌 때〉 중에서

수필 〈내가 방랑자로 떠돌 때〉도 작가가 TV 드라마 PD로 있을 때 촬영을 위한 여행을 소재로 한 수필이다. 이 수필에서 작가는 위의 인용문에서 볼 수 있듯이 '어느 해면의 쓸쓸한 일몰, 어머니의 꽃상여가 나가던 봄꽃의 동산, 그 허무한 낙화' 등 '마음이 있는 곳에 정감이 담긴다.' 고 토로하고 있다. 그리고 결말 부분에서

도 '마음 있는 곳에 추억이 생기고 뜻이 생' 기며, '여행은 좋은 곳을 가는 것' 이 아니라 '좋은 곳을 마음에 담는 행위' 라는 것이다. '그래야 아름다워' 진다는 것이다. 삶의 회의, 고통, 권태로움도 여행을 통해 희망과 구원을 얻을 수 있다는 확신을 작가는 이 수필에서 말하고 있다. 그리고 수필 〈떠도는 자의 노래〉에서는 '끊임없이 떠돌아야 하는 자의 외로움과 또다시 실패할 것 같은 절망감' 으로 몸을 떤다고 표현하고 있다. 이를 통해서 우리는 그가 지니고 있는 노마드 의식을 통해서 인간의 본성과 본체 혹은 삶의 본체를 다소나마 이해할 수 있을 것이다. 우리 삶이 하나의 여행이라 할 때 이승은 여인숙이며, 우리의 삶은 유목민처럼 떠도는 삶임을 이 수필을 통해 환기할 수 있을 것이다.

2. 구조 미학과 내러티브

수필에 있어서 하나의 사건이 삽화처럼 삽입되는 경우가 있다. 작가가 체험한 사건을 이야기할 때 단편적이고 짤막한 스토리로 엮어 집어넣을 수 있기 때문이다. 수필은 자신이 경험한 자신의 이야기를 써야 한다는 수필 작법 때문이다. 그러다 보니 수필에서는 허구성 문제가 하나의 담론으로 제기되고 있다. 이에 대한 이론적 오류나 착오를 최소화하기 위해, 조심스럽기는 하지만, 수필 속에 삽화처럼 삽입되는 이야기를 내러티브로 교체하는 것이 어떤가 하는 하나의 가설을 하게 된다.

내러티브는 일련의 사건이 가지는 서사성으로 규정되고 있다.

스토리(story)와는 조금 다른 의미로, 언어로 기술이 불가능한 모든 종류의 서사성 전부를 포함하는 개념으로 사용된다. 또한 영화를 구성하는 요소에는 시나리오라는 문자 텍스트는 물론이고, 영상의 미장센, 명도나 색채, 번짐과 흐림과 겹쳐짐으로 전하는 영화적 관습에 따른 영상 언어로서 기호가 있으며, 음악과 음향이 전하는 기호 또한 포함된다. 이런 다양한 방식으로 표현되는 수많은 에피소드와 표현 구조가 말하고자 하는 바를 '내러티브'라고 표현하고 있기 때문이다. 모든 표현 방편에서 전하고자 하는 일종의 스토리가 있다면 부속적으로 전달 과정에서 사용되는 기호, 모든 종류의 전달, 표현 양식과 관계없이 그것을 지칭하는 것이 '내러티브' 라는 용어의 개념이다.

그렇다면 장기오가 수필 쓰기에서 차용하고 있는 드라마적인 구성 미학과 소설적 대화 처리, 이미지를 통한 감각적인 문장, 시 삽입 등을 그의 수필 창작의 내러티브로 설명해도 좋지 않겠는가 하는 생각이다. 왜냐하면 PD 장기오 작가가 생업으로 가졌던 드라마 연출은 '내러티브' 라는 성격의 것이기 때문이다.

아이들의 추억에는 아버지가 없다. 생애에 딱 2번, 바닷가를 찾았던 일이 유일하다. 대신 아이들은 깊은 밤, 책상 앞에서 무언가 열심히 일하던 아버지의 모습을 되살리곤 한다. 집에 와서도 나는 콘티(연출 플랜) 짜는 일로 날밤을 새우곤 했기 때문이다. 그런 아버지를 반면교사(反面敎師)로 우리 아이들은 지금 열심히 살아가고

있다.

그렇게 30여 년을 보내고 나니 내 발바닥의 굳은살은 바위처럼 단단해졌다. 굳은살은 젊은 날, 땀의 상징이고 인생의 옹이다. 한 해의 마지막 볕 좋은 날, 마루에 나앉아 한가롭게 면도날로 굳은살을 베어 낸다. 살 한 점, 한 점이 떨어져 나갈 때마다 지난날의 기억들이 하나씩 떠오르고 사라진다. 삶이, 기억이 그렇듯 이 옹이도 언젠가는 엷어지고 사라질 것이다.

평생을 무엇을 그리 찾아 헤맸기에 이렇게 두텁게 옹이가 앉은 걸까. 지금은 바삐 돌아다닐 일도, 누가 숨 가쁘게 찾는 일도 없다. 굳은살이 점점 엷어지는 발을 어루만지며 하늘을 올려다본다. 쩽하게 차갑고 높아 보였다. 사라지는 것은 시간이 아닐 것이다…… 우리들일 것이다.

　—수필 〈사라지는 것은 시간이 아니다, 우리다〉 결말 부분

수필 〈사라지는 것은 시간이 아니다, 우리다〉는 드라마 연출의 경험을 모티프로 한 글이다. 드라마 연출의 과정과 고충을 엿볼 수 있는 수필이다. 평생 위궤양으로 온 연출 생활의 어려움을 토로한 수필이다. 위의 인용문은 방송 일로 바쁜 작가를 볼 수 없는 아내와 아이. 특히 아이들의 마음과 발바닥의 굳은살에 관한 이야기 부분이다. 발바닥 '옹이'가 표상하는 바는 삶이 고단함이기도 하지만 그것보다는 사라져 감과 이 세상을 떠나가고 말 우리의 삶을 표상한다.

이 수필에서 작가는 박목월 시의 한 부분 '아랫목에 모인/아홉 마리의 강아지 같은 것들아/굴욕과 굶주림과 추운 길을 걸어/내가 왔다/아버지가 왔다'를 끌어오면서 홀어머니 밑에서 불우하게 보냈던 자신의 이야기를 조응시킨다.

방송은 유행(trend)의 문화다. 그리고 시청 타깃이 주로 젊은이들이다. 당연히 연출자들이 젊다. 나이 든 연출자는 젊은이들의 사고를 따라잡지 못한다는 이유로, 늙은 스태프들은 젊은 연출자들이 다루기 거북하다는 이유로 현장에서 거의 배제된다.

사람들은 묻는다. 외국에서는 백발이 성성한 노장들이 많은데 왜 우리는 그런 감독이 없느냐고. 우리는 안다. 그런 질문을 던지는 사람들 대부분이 아직도 그럴 나이가 아닌데도 빈둥거리는 우리들을 위로하기 위한 수사(修辭)라는 것을.

그러나 그는 정말 열심히, 나이티 안 내고 젊은 연출자 밑에서 묵묵히 일했다. 우리는 그를 말렸다. 그들 스태프들은 작품당 계약을 하기 때문에 현장에 있지 않으면 생계가 막연해지라는 것을 알고는 있지만 더 이상(以上) 하면 건강에 이상(異常)이 올지도 모른다고 충고했다.

　―수필 〈살아남은 자의 고독〉 중에서

위의 인용문 〈살아남은 자의 고독〉은 고인이 된 동료 조명 감독 이 감독을 끌어오기 위해서 방송 이야기로 시작한 부분이다. 이

수필의 시작은 고인의 부고 이야기부터 구조되어 있다. 그리고 위의 인용문이 들어갔다. 그런 뒤에 '그'의 이야기와 그의 장인 정신을 이야기한다. 젊은 연출과의 연출관 차이 그리고 그들과의 선후배 관계 사이에서 오는 섭섭함도 이야기하고 있다. 그리고 빈소에서의 동료 문상객과의 헤어짐으로 구조되어 있다. 결말 부분에서는 독백을 통해서 '삶은 일회성이고 한 번 넘어지면 다시 일어나지 못하는데……'로 처리한다. 그리고 맨 마지막 문장은 귀가하는 길에 산 강아지 이야기와 좋아할 손녀 이야기로 문장을 마감한다. '세 살배기 손녀가 손뼉을 짝짝 치며 좋아했다.'는 이 문장은 평범한 것처럼 보이지만, 많은 의미를 함축하고 있고 구조 미학을 느끼게 한다. 이것이 작가 장기오 수필의 내러티브 방식이다. 이런 양식은 다른 수필에서도 쉽게 찾아진다.

이번에는 연기자의 이야기를 모티브로 한 수필을 보자.

그는 모주꾼으로 유명하다. 그러나 그가 NG를 내는 일은 거의 없다. 신기하기 짝이 없다. 그가 녹화에 들어가면 언제 술을 마셨느냐는 듯이 대사를 줄줄 외운다. 그가 술을 그렇게 먹어도 화면에 그렇게 표시가 잘 나지 않는 이유는 그가 맡은 배역이 약간 더듬거리는 순박하고 사람 좋은 시골 노인네 역할 같은 걸 많이 하기 때문에 그가 얼굴이 벌게도 사람들은 그가 드라마 속의 연기로 생각한다.

TV 연기의 생명은 대사다. 영화는 대개 영상으로 말하지만 TV는 대개가 대사다. 그런데 영화의 경우는 커트, 커트로 촬영하기 때문

에 그때그때 대사만 외우면 되지만 TV는 카메라 세 대로 즉석에서 편집해 가면서 완성시키기 때문에 한 신(scene)의 대사를 몽땅 외워야만 가능하다. 그래서 TV 연기를 잘하려면 우선 대사를 잘 외워야 한다. 이게 말처럼 그렇게 쉬운 일이 아니다.

    ─수필 〈울렁증〉 중에서

　수필 〈울렁증〉은 일련의 방송 드라마 비화의 한 부분을 소개한 작품이다. 이 수필은 술을 좋아하는 모 연기자를 흥미 있게 그린 수필이다. 술 취한 얼굴, 대사를 외우지 못한 연기자를 연출자는 제일 싫어할 것이다. 그런데도 불구하고 그를 이해하고 그의 행동을 재미있게 표현하고 있는 것은 작가의 인간에 대한 이해 태도와 방송을 사랑하는 마음을 엿보게 한다.

　그가 오기로 한 시간이 벌써 지났는데도 소식이 없다. 스태프들은 한여름의 오수(午睡)를 즐기고 있다. 매미는 귀청이 찢어지게 울어대고 모든 풍경은 정지해 버린 듯하다. 마을 가장자리 가장 높은 곳에 위치한 한옥의 시원한 대청마루에서 나도 막 낮잠에서 깨어나 멍한 기분으로 멀리 시선을 두었다. 내리쬐는 햇살 때문에 모든 게 하얗게 바래 버린 듯하다. 마을 어귀를 휘돌아 나가는 강가에서 한 강태공이 조는 듯 낚싯대를 드리우고 있는 모습이 눈 아래로 들어왔다. 한낮의 폭염 때문인지 마을 전체가 움직임이 없다. 배우(俳優)가 없으니 오늘 촬영은 틀린 것 같다. 사고나 없었으면 하는 바

람이다.

수필 〈한낮의 우울〉은 위의 인용문에서 볼 수 있듯이 야외촬영장에서 만난 강태공의 이야기를 제재로 하고 있다. 낚시터에서의 노인과 대화 속에서 작가는 낚시터의 풍경, 그 정적을 '모차르트의 〈클라리넷 협주곡〉으로 연상하고, 영화 〈아웃 오브 아프리카〉를 떠올린다. 음악과 영상으로 그곳의 풍경을 그리고 있는 작가의 솜씨는 아무나 쉽게 할 수 있는 내러티브는 아니다. 영상에 대해서 알고 드라마의 전개를 염두에 둔 종합예술적 상상력으로만 가능한 부분이다. 특히, 한시 칠언율시의 한 구절을 통해 작가가 전달하고 싶은 적요와 비애, 그리고 무심을 표현하고 있는 부분이 감동을 배가시키고 있다.

이러한 작가의 수필 작법은 수필 정신이라 할 수 있는 '자유정신' 에 뿌리를 두고 있다고 이해해도 좋을 것이다.

에리히 프롬(Erich Fromm)은 자유에의 훈련이 되지 않은 사람은 자유가 주어져도 그 주어진 자유에의 불안, 공포를 느낀 나머지 스스로 자유를 포기하는 현상이 일어난다고 했다. 그는 그 어떤 것도 스스로 결정하지 못했다. 모든 일을 누구에게 명령을 받음으로써 자기의 책임을 면하고 마음의 편안함을 얻었던 것 같았다.

―수필 〈자유에의 도피〉 중에서

위의 수필 〈자유에의 도피〉는 '수필 정신'과는 무관한 인간 속성에 대한 이해의 한 단면을 보여 주지만 이를 통하여 마음의 편안함을 얻어야만 자유로울 수 있다는 것을 환기하게 되고, 작가 정신이 곧 자유정신임을 재환기하게 된다.

3. 문채(文彩)의 힘

나는 앞에서 작가 장기오는 수필의 특징으로 시적인 문장, 소설적인 내러티브와 구조에 대해서 말한 바 있다. 그의 수필들은 상황을 묘사하는데 있어서는 시적 이미지를 차용하는 것이 많고, 소설과 같은 스토리나 내러티브에서는 서사 문장과 극적 구성, 그리고 서술 문체를 소설적으로 구사하고 있음을 말한 바 있다.

빈 들녘에 갈까마귀 떼가 자욱이 내려앉고 난로 위의 물주전자는 쉬쉬 소리를 내며 끓고 있었다. 어스름 날은 저물고 멀리 보이는 바다는 아우성을 치고 있었다. 나는 그 황량한 풍경을 바라보면서 너무 막막해 식어 버린 커피 잔만 멍하니 들고 앉아 있었다. 찻집에는 깊은 침묵이 흐르는 듯했다.

몸이나 녹이려고 다방에 들어갔다가 모 선배가 연출한 프로그램의 재방송을 보다 퍼뜩 정신이 들었다. 안 된다, 이렇게 해서는 백전백패다. 어떻게 되겠지 하는 요행을 바랐는데…….

초초해졌다. 일주일 안에 눈이 내려야 하는데, 눈이라도 그냥 눈이 아니라 폭설이 내려야 하는데 그렇지 않으면 이 작품은 아무런

의미가 없다고 중얼거렸다. 작품을 바꾸어야 할지 어떨지를 갈등하면서 몇 번이나 작가의 전화번호를 눌렀다 지웠다.

—수필 〈떠도는 자의 노래〉 중에서

위의 문장이 그 하나의 예이다. 배경 묘사는 시적 이미지를 차용하고 스토리 전개를 할 때는 소설 내러티브를 차용하고 있는 것이 그것이다. 그 이유는 수필의 서정적 분위기나 배경을 통해 수필의 톤이나 분위기를 저변에 깔아 감동을 배가시키기 위한 창작적 전략에서 비롯한 것으로 보인다. '떠돌이 삶'을 서정적으로 혹은 원형적으로 배경과 분위기를 통해 간접적으로 전언하려는 작가의 수필 미학이라 할 수 있을 것이다.

심지어 아래의 인용문 수필 〈겨울의 추억〉의 어머니와 형을 회상하는 수필에서도 이러한 작가의 미학이 발현된다.

지난겨울은 눈도 많이 오고 유난히 추웠다. 몹시 추운 어느 날 유리창을 치고 지나가는 날카로운 바람 소리에 잠이 깼다. 화장실에 갔다 나오면서 잠깐 베란다에서 서서 아파트 광장을 내려다보았다. 광장에는 차가운 달빛이 쏴하게 쏟아지고 매섭고 빠르게 지나가는 바람에 나무가 부러질 듯 이리저리 마구 흔들리고 있었다. 어머니 생각이 났다. 가마때기로 대충 바람벽을 쳐놓은 부엌에서 자식들 따뜻하게 먹이려고 쌀뜨물로 숭늉을 끓이던 어머니의 시퍼렇게 언 얼굴이 떠올랐다.

그 시절 반찬은 짠지와 시래깃국이 전부였다. 그러나 형은 달랐다. 어머니는 항상 형을 위해 버터와 계란을 준비했고 형은 뜨거운 밥 속에 버터를 넣어 녹이고 날계란을 풀어 비벼 먹었다. 나는 침을 삼키면서 형이 한 숟갈 남길 것을 기대했지만 대부분 허탕이었다. 나중에 돈 벌면 나도 형처럼 그렇게 먹어야겠다고 다짐을 하곤 했다.

—수필 〈겨울의 추억〉 중에서

아파트 광장으로 내리는 눈. 유리창을 때리는 추운 바람 소리. 광장에 내리는 차가운 달빛과 대비하여 따뜻한 어머니의 숭늉. 조악한 짠지와 시래깃국, 버터와 날계란을 넣어 비빈 따뜻한 밥 등이 어울려 가난한 시골집의 정취를 그리고 있는데, 이는 장기오 작가가 드라마를 연출한 경력의 소유자이기 때문만은 아닐 것이다. 영상 혹은 이미지가 문학 작품에서 어떻게 유기적으로 구조되어야 감동의 효과를 높일 수 있는가에 대한 미학적 전략에서 오는 것으로 판단된다. 이러한 작품의 경우에는 작가가 이 글에서 말하고자 하는 메시지가 그리 중요하게 생각되지 않는다. 한 편의 영상을 보듯이 하나의 아름다운 음악을 듣는 감동을 문자 텍스트를 통해 전달받기 때문이다. 그것이 장기오 수필의 문채의 힘이다.

장기오 작가가 두 번째로 묶은 이 수필집은 대PD였던 장기오 교수의 드라마에서 못한 비화들 그리고 영상으로 보여 줄 수 없

는 언어 텍스트를 통해 자신의 서정적 자아와 삶에 대한 혹은 인간에 대한 이해를 보여 주고 있다는 점에서 첫 번째 수필집과는 다른 각도에서 감동을 받을 것이다.

어쩌면 나의 이 글은 장기오 수필이 주는 감동에 비하면 하나의 췌언에 불과할지도 모른다. 하지만 나는 이 작품집에 수록된 글을 읽으면서 인간 장기오에 대한 이해를 좀 더 깊게 할 수 있다는 점에서 이 글을 발문으로 보낸다. 그리고 그의 문학적 집약이 곧 소설로 이루어질 것을 기대한다.

사라지는것은
시간이 아니다,
우리다
포토북

대표작 〈홍어〉

대표작 〈사로잡힌 영혼〉